金銀島

treasure island

羅伯特・路易士・史蒂文生
Robert Louis Stevenson 著

顧湘 譯

緣起

愛經典

卡爾維諾說：「『經典』即是具影響力的作品，在我們的想像中留下痕跡，並藏在潛意識中。正因『經典』有這種影響力，我們更要撥時間閱讀，接受『經典』為我們帶來的改變。」因為經典作品具有這樣無窮的魅力，時報出版公司特別引進大星文化公司的「作家榜經典文庫」，期能為臺灣的經典閱讀提供另一選擇。

作家榜經典文庫從二〇一七年起至今，已出版超過六十本，迅速累積良好口碑，不斷榮登豆瓣讀書暢銷榜。本書系的作者都經過時代淬鍊，其作品雋永，意義深遠；所選擇的譯者，多為優秀的詩人、作家，因此譯文流暢，讀來如同原創作品般通順，沒有隔閡；而且時報在臺推出時，每部作品皆以精裝裝幀，質感更佳，是讀者想要閱讀與收藏經典時的首選。

現在開始讀經典，成為更好的自己。

目錄
CONTENTS

第三部 我在岸上的冒險
MY SHORE ADVENTURE

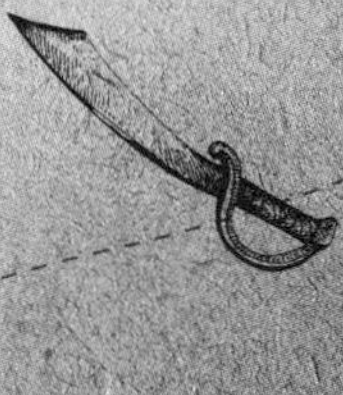

第四部　木寨

THE STOCKADE

第五部　我的海上冒險

MY SEA ADVENTURE

第六部 希爾佛船長 CAPTAIN SILVER

致猶豫不決的讀者

水手故事配水手調，
炎熱、寒冷、歷險與風暴，
帆船、島嶼、野蠻人，
又是海盜，又是寶藏，
所有昔日的傳奇，
用老話再告訴你，
如果更聰明的年輕人們
像我一樣愛聽那些，
那就來讀一讀！

抑或，勤奮的年輕人
已經不再渴望
勇氣與冒險的故事，
木頭與海浪的滋味，
那也只好那樣啦！
請讓我和我所有筆下的海盜們
躺在同一個墳墓裡。

第一部

老海盗

THE OLD BUCCANEER

01

本葆將軍旅店的老水手

地主崔勞尼、利夫西醫生和其他幾位先生讓我把關於金銀島的事從頭到尾好好寫下來，只是別提島的位置，因為那裡還有尚未挖掘的藏寶。我從西元一七××年提筆寫起，回到了當年——我父親經營著本葆將軍旅店，那位膚色黝黑、臉上有道刀疤的老水手就住在我家旅店裡。

他來時的情景我仍歷歷在目，他腳步沉重地來到門前，身後跟著一輛小推車推著他的一個箱子，他身材高大、很有分量、栗褐色皮膚，油膩膩的編著的辮子垂在汙漬斑斑的藍外套肩部，手很粗糙而且傷痕累累，指甲發黑開裂，一道發青的慘白色刀疤貫穿一邊臉頰。我記得他吹著口哨看了周圍一圈，然後唱起了一首他後來常常唱的古老的水手歌謠：

十五個人搶死人箱——
唷呵呵，來瓶蘭姆酒！

聲音高亢、蒼老、略帶顫抖，就像在轉絞盤的生涯裡唱破了嗓子，接著就用隨身攜帶的一根像是充當手杖用的木棍敲門。我父親走過來，他就粗聲粗氣地要一杯蘭姆酒。有了酒以後，他喝得很慢，像個品酒師要細細品味似的，一邊東看西看，看了看海崖，又抬頭看我們的招牌。

「這地方不錯，」他終於開口說，「酒館也好坐。生意好嗎，老弟？」

我父親跟他說不好，生意清淡，沒什麼客人。

「好吧，」他說，「那我就住這裡吧。喂，老兄，」他叫那個幫他推箱子的人，「把我箱子拿這裡來。我在這裡住兩天。」他又繼續對我父親說：「我這個人很好伺候，只要蘭姆酒、培根和蛋，在那裡看看船開來開去就行。你怎麼稱呼我？你叫我船長好了。哦，我懂你意思，喏，」他進門扔下三四個金幣，「用完了跟我說。」他口氣強硬，猶如一位指揮官。

真的，他衣著寒酸，言詞粗魯，但一點也不像在桅杆前工作的水手，倒像是個慣於發號施令或者揍人的大副或船長。推小車的人告訴我們，他昨天早上坐郵車到了喬治國王旅店之後就在打聽海邊的旅店，大概是聽到我們的口碑好，評價說很僻靜，就選了我們的旅店來住。這就是我們對這位客人的全部瞭解了。

他一直是個話很少的人，每天在海灣逛，要不就是爬到崖上用他的黃銅望遠鏡眺望，每天晚上他就坐在大廳一角的火爐旁，喝著兌水的蘭姆酒喝得很凶。通常別人跟他說話他都不搭理，只會猛抬頭瞪一眼，鼻子裡發出船在霧中鳴號似的聲音，我們和來店裡的人都很快學會了別去理他。每天他逛回來，都要問有沒有水手路過這裡。一開始我們以為他是在尋找同伴，但後來我們發現他是想要避開他們。每當有水手到本葆將軍旅店來投宿（時不時就有，因為他們可以沿著海邊的大路去布里斯托），他總是先在外面從門簾縫裡看一看水手，再走進大廳，當下他總是一言不發，非常安靜。我其實是有點知道他為什麼會這樣的，因為在某種程度上我也分擔了他的緊張。有天他把我帶到一旁，說可以在每月初給我一枚四便士的銀幣，要我「把眼睛放亮留神一個獨腳水手」，他一出現就趕緊報告他。每到月初我去問他要報酬，他都對我冷哼一聲，盯著我把我嚇退。但不出一個星期他就會改變主意，把四便士銀幣交到我手上，千叮萬囑要密切留意那個「獨腳水手」。

不用我說，「獨腳水手」這號人物從此就縈繞在我夢中。在暴風雨夜，大風撼動房屋的四角，驚濤駭浪撲上峭壁，我能看見他的一千個面目，帶著一千副凶神惡煞的表情。有時腿是齊膝斷的，有時整條腿都沒了，有時他成了個要麼沒有腿、要麼在身體當中長著獨腳的怪物。最可怕的噩夢是他連蹦帶跳越過樹籬和水溝來追我。總之，這些糟糕的幻想是我為了那每個月的四便士銀幣所付出的代價。

儘管我被滿腦的獨腳水手弄得這麼害怕，我卻不像別人那麼怕船長本人。有幾個晚上他喝多了兌水的蘭姆酒，有點醉了，就坐著旁若無人地唱他那首邪裡邪氣的、粗野的老水手歌，時而叫在場的人喝一輪，硬要瑟瑟發抖的他們聽他講故事或是跟他一起合唱。我每每聽到房子因「喲呵呵，來瓶蘭姆酒」而震顫，大家都因為怕死而拚命地唱，為了不被盯上，每個人都爭取唱得比別人更響。他發起酒瘋來真是個霸王，會拍桌子要所有人肅靜；要是誰有疑問，他就會跳起來，如果沒人發問，他又覺得大家沒認真聽他的故事。在他醉到昏頭轉向倒在床上前，任誰也不許離開旅店。

他講的故事聽得人毛骨悚然，都是些可怕的事：絞刑啊，走跳板啊，海上風暴啊，乾龜島，以及加勒比海沿岸一帶的地方行徑。據他自己說，他在海上與那幫世上最凶惡的亡命之徒生活了很長時間，他講故事所用的語言幾乎像他所講述的罪行那樣，讓我們這些樸素的鄉下人震驚。我父親老是說旅店生意要做不下去了，人們在這裡被這個凶神騎在頭上，嚇得夠嗆，回到床上還在哆嗦，很快就不來了。不過，我是覺得他在這裡對我們有好處。人們雖然當時被嚇到了，但回頭想想還是挺好玩的，在平淡的鄉下生活裡，這很有勁，甚至還有一群年輕人號稱欽佩他，稱他為「正宗老水手」什麼的，而且正是他這樣的人使得英國能夠稱霸海上。

另一方面，他確實快把我們店住倒了，他住了一週又一週，一個月又一個月，先前給的錢早就用光了，可父親始終沒勇氣去問他再要一點。就算他提一提，船長也會用鼻子哼得跟咆哮一般響，把我可憐的父親瞪出房間。我見過他受到這種挫敗以後絞擰著雙手的樣子，我相信正是他生活中的這種苦惱和擔驚受怕，促使他早早地鬱鬱而終。

自從住到我們旅店，船長就沒換過衣服，只跟一個小販買過幾雙襪子。他的三角帽的一邊掉了下來，他就一直讓它那樣下垂著，哪怕颳風的時候它很煩人他也不管。我記得他在樓上房間裡縫補那件衣服的樣子，最後補得除了補丁沒別的了。他從來不寫信，也沒人寫信給他，基本上只在喝醉時跟旁邊人講講話。我們誰也沒看見那口大箱子打開過。

只有一次，他吃癟了。那次，我可憐的父親已經病入膏肓、奄奄一息，晚些時候利夫西醫生來看他，吃了些我母親準備的晚飯後，走到大廳去抽菸斗，等他的馬從村裡牽過來，因為我們旅店那時候沒有馬廄。我跟著他走進去，我還記得當時看到的那種鮮明對比：醫生衣冠楚楚，粉撲得雪白，眼睛又黑又亮，儀態令人賞心悅目，而我們這些鄉下人都沒個正式樣的，尤其是我們那個邋遢、陰沉、渾渾噩噩、像個稻草人一樣的海盜，他喝多了坐著，手臂擱在桌上。突然，船長又開始唱他的老調：

十五個人搶死人箱——
唷呵呵，來瓶蘭姆酒！
別人都喝得見閻王——
唷呵呵，來瓶蘭姆酒！

一開始我以為「死人箱」就是他樓上房間裡那口大箱子，它也捲入了我獨腳水手的噩夢。不過，那時我們已經不太在意他的歌了，那一晚，只有利夫西醫生是第一次聽到，我注意到他對它沒什麼好感，因為他頗生氣地看了船長一眼，然後接著跟園丁老泰勒講治療風濕病的新方法。與此同時，船長愈唱愈起勁，最後拍起了桌子，我們知道那是要我們安靜，大家驟然都不講話了，除了利夫西醫生，他仍然清楚而溫和地說著話，一兩個字之間輕快地抽一口菸斗。船長瞪了他一會兒，又拍了桌子，瞪得更凶了，最後夾著髒話說：「那邊給我閉嘴！」

「你是在跟我說話嗎，先生？」醫生說。那惡棍又罵了一聲，說是的。「我只有一件事想告訴你，」醫生說，「就是如果你再喝下去，世界上就要少一個敗類了！」

老傢伙聽了這話勃然大怒，他跳起來，掏出一把水手用的折疊刀，打開平放在手掌上，威脅說要把醫生釘在牆上。

醫生面不改色，語氣也一如平常，只是稍微提高了一點聲調，好讓船長身後的房裡的人都聽見，他十分鎮定而堅決地對他說：

「如果你不馬上把刀收回去，我以名譽擔保，下次巡迴審判的時候你就會上絞刑臺。」

兩人便以目光對峙，不過船長很快就認輸了，把武器舉過頭，重回座位，嘟囔著，像條被打敗的狗。

「那現在，」醫生接著說，「既然被我知道了我的轄區內有這樣一號人物，你就得留神我會早晚都盯著你的。我不只是個醫生，我還是本地的治安官，如果我聽到半句對你的控訴，哪怕只是像今晚這樣的無禮行為，我就會真的把你抓起來趕出去。好自為之。」

過了一會兒，利夫西醫生的馬到了門口，他就騎馬離開了。那天晚上船長很老實，後來的好幾個晚上，他都沒有吵鬧。

02

黑狗出沒

過了不久，發生了許多詭異的事，使我們最終擺脫了船長，但是你後來會看到，他的事還沒完。那是個特別寒冷的冬天，還一直有很重的霧，刮著大風，而我可憐的父親看樣子是見不到春天了，這從一開始就很清楚。他的狀況一天比一天糟，我母親和我擔起了店裡的全部事情，忙得夠累，沒什麼心思再放在那個討厭的客人身上。

一月的一個清晨，天寒地凍，海灣裡結著霜凍，灰白一片，冰水湧動，輕拍岩石，太陽升得還很低，剛到山頂上，遠遠地照著海面。船長起得比平時早，手臂底下夾著他的黃銅望遠鏡往海邊去，帽簷歪在一邊，彎刀在他藍色舊外套寬大的下襬底下晃來晃去。我記得他大步流星地走出去，呼出來的氣一路像煙一樣懸在空中，我最後聽見他的聲音是他在一塊大石頭那裡轉彎時又憤慨地大聲哼了一聲，就像跟利夫西醫生的事還沒過去似的。

好啦，母親在樓上陪父親，而我在為船長擺早餐，準備等他回來吃，這時大廳的門開了，進來一個我從來沒見過的人。那個人的臉沒什麼血色，還有點蠟黃，左手少了兩根手指，雖然帶著彎刀，但看起來不太像會打架的人。我一直在留意出海的人，不管是獨腳的還是兩條腿的，但是這個人我有點看不出來，他不是水手，但又好像和海有點關係。

我問他想要什麼，他說他要喝蘭姆酒。但當我走出房間要去取酒時，他在一張桌前坐下，叫我過去。我手裡拿著餐巾站著沒動。

「過來呀，小夥子，」他說，「到這邊來。」

我走近了一步。

「這張桌子是為我的朋友比爾準備的嗎？」他不懷好意地斜睨著我問。

我跟他說我不認識他的朋友比爾，那是為住在我們旅店的一個人準備的，我們管他叫船長。

「好嘛，」他說，「我的朋友比爾是很可能會叫船長的。我朋友比爾，他臉上有條疤，喝醉以後很討人喜歡。我們來打賭，你們的船長臉上也有條疤，我賭它在右邊臉上。哈，好嘛！我就說。那，我這個朋友比爾他現在在這房子裡嗎？」

我告訴他船長出去散步了。

「往哪邊走的，小傢伙？他走的是哪條路呀？」

我指給他看那塊大石頭，和他說船長大概多久會回來，又回答了他另外幾個問題，

「啊，」他說，「我朋友比爾看到我會像喝到酒一樣高興。」

他說這些話時，表情看起來完全沒有顯出高興，我有理由認為，他那話就算是當真的，

他也是弄錯了。不過，我想這不關我的事，再說我也不知道要做什麼。這個陌生人在門口不停地走來走去，像候著老鼠的貓一樣往外瞄。有一次我走到外面路上，他立刻叫我回去，我沒有馬上聽他話回去，他蠟黃的臉上就換了一副非常可怕的表情，命令我進去，還罵了一句讓我嚇一大跳的話。我一回去他又變成了原來的態度，半是討好半是嘲諷地拍拍我的肩，跟我說我是個好孩子，他很喜歡我。「我有個兒子，」他說，「跟你長得一模一樣，我可疼我兒子他了。但是對男孩來說最重要的事是紀律，小夥子，紀律。你要是跟比爾一起出過海，你就不會站在那裡讓人對你說兩遍要做什麼了，不可能。跟比爾那樣不行，跟和比爾一起出過海的人那樣也不行。欸，沒錯了，是我的朋友比爾，拿著個望遠鏡，上帝保佑這老傢伙，就是他。小傢伙，你和我得回大廳，躲在門後面，我們來給比爾一點驚喜——我再次祝福他。」

說著，這人和我一起回到大廳，讓我站在他身後，我們就一起躲在開著的門背後的角落裡。如你所想的，我心裡七上八下，而且我看到那個陌生人自己也很害怕，我就更怕了。他摸了摸他彎刀的柄，把鞘裡的刀往外拔了拔，我們在那裡等著的時候，他就一直在吞口水，就像有團東西堵在喉嚨裡。

船長終於邁著大步走了進來，砰地把門甩到身後關上，看也沒看兩邊，就逕自穿過房間走向為他準備的早餐。

「比爾。」那個陌生人以一種我覺得他是在給自己壯膽的嗓音說。

船長猛然轉身面對我們，臉色刷地白了，鼻子甚至成了藍色的，活像個見到了幽靈或魔鬼或還有什麼別的更可怕的東西的人。說實話，看到他在瞬間變得那麼老那麼衰弱，我還挺不好受的。

「嘿，比爾，你認識我；你肯定認識這個老夥伴，比爾。」陌生人說。

船長倒抽了一口氣。

「黑狗！」他說。

「除了我還會是誰？」對方回答說，神情更放鬆了一些，「就是從前那個黑狗，來到本葆將軍旅店，來看他的老朋友比爾。啊，比爾，比爾，自從我丟了這兩根手指以後，我們兩個可都是飽經滄桑了啊。」說著舉起了他的殘手。

「好吧，那現在，」船長說，「你逮到我了，我就在這裡；那說吧：你想怎麼樣？」

「你還是這樣，比爾，」黑狗說，「你說得有道理，比利。先讓這位親愛的孩子給我倒杯酒，我可想喝了，然後我們坐下，看能不能像老朋友那樣談一談。」

當我端著酒回來的時候，他們已經在船長的早餐桌兩邊坐下，黑狗側著身坐得靠近門，我想這樣他可以一隻眼盯著他的老朋友，另一隻眼好觀察退路。

他叫我出去，讓門大開著，「別想從鑰匙孔看我啦，小傢伙。」他說。於是我離開他倆，回到酒櫃。

有很長一段時間，儘管我豎起耳朵努力聽，也什麼內容都聽不見，只能聽到很輕的急促而含混的嘀咕聲。但最後他們說話聲大了起來，我能聽到一兩個詞，大多數是船長在罵髒話。

「不，不，不，不，到此為止！」他有一次叫道。又說：「如果弄不好，大家一起死，我說。」

突然，一陣罵聲和其他的動靜炸響起來——桌椅翻成一團，接著鐵器叮噹碰撞，然後是一聲痛苦的叫喊，下一秒我就看見黑狗飛奔出來，船長緊追在後，兩人都提著刀，冒著熱氣的血從前者的左肩流下來。在門口，船長對著逃命的黑狗奮力一劈，眼看這一下能把他劈成兩半，結果卻砍在本葆將軍旅店的招牌上。如今你還能看到招牌下端邊框上的刀痕。

這一刀結束了這場惡戰。黑狗雖然受了傷，到了路上卻仍是個飛毛腿，半分鐘之內就消失在山背後。船長則站在原地茫然地瞪著招牌。然後他揉了揉眼睛，轉身進屋。

「吉姆，」他說，「酒。」他一邊說著，身體有些站不穩，於是一手撐在牆上。

「你受傷了嗎？」我喊。

「酒，」他又說，「我得離開這裡。酒！酒！」

我跑去拿酒，但我被發生的事弄得心慌意亂，手腳不穩，打碎了一只杯子，還把酒桶龍頭弄堵住了，我忙著這些，聽見客廳裡一聲重摔聲，我跑進客廳，看見船長直挺挺地躺在地上。這時，母親聽到叫喊和打架的聲響，也跑下樓來幫我。我們兩個一起把他的頭扶起來，他大聲喘著粗氣，雙眼緊閉，面無人色。

「天哪，天哪，」我母親喊，「這家是造了什麼孽呀！你可憐的爸爸還病了！」

當下我們既不知道要怎麼幫船長，又一心以為他是在和黑狗的打鬥中受了致命傷。我拿來蘭姆酒試著往他喉嚨裡灌，但他的牙關緊閉，上下顎有力得像鐵一般。當我們看見門被推開，來看父親的利夫西醫生走了進來，就像看見了救星。

「哦，醫生，」我們叫道，「我們該怎麼辦呀？他傷著哪裡了呀？」

「傷？別瞎說！」醫生說，「他跟你我一樣完好無損，這人中風了，之前警告過他的。現在，霍金斯太太，妳還是趕緊回樓上去陪妳丈夫，最好什麼也別跟他說。我呢，就盡量救救看這沒用的傢伙的性命。吉姆幫我拿個盆來。」

我把盆拿來，醫生已經撕開了船長的袖子，露出他肌肉發達的胳膊。有幾個地方刺了青。「吉星高照」、「一帆風順」、「比利．伯恩斯的珍愛」，又乾淨又清楚地刺在前臂，上臂靠近肩膀的地方畫著一副絞刑臺，上面吊著個人，我覺得畫得很好。

「一個預言。」醫生說，用手指摸了摸那個圖。「現在，比利．伯恩斯老大，如果你是叫這個，我們要來看看你的血是什麼顏色的了。吉姆，」他說，「你怕血嗎？」

「不怕，先生。」我說。

「好，」他說，「那你端著盆。」他用柳葉刀割開一條靜脈。

流了許多血之後，船長睜開了眼睛，迷迷糊糊地看了周圍，最開始認出了醫生，無疑皺了皺眉，隨後目光又落到了我身上，就放鬆了些。不過，突然他臉色又變了，努力想要坐起來，喊道：「黑狗呢？」

「這裡沒你的冤家，」醫生說，「只有你自己肩上的那一個。你在喝酒，然後中風了，就像我跟你說的，然後我雖然不樂意，但還是把你從鬼門關裡拉出來了。現在，伯恩斯先生——」

「我不叫這個。」他打斷說。

「無所謂，」醫生說，「我印象裡海盜一般就叫這個，我就是為了叫你方便。我要跟你說的是：你喝一杯酒不會死，但你喝了一杯就會一杯一杯接著喝，我用我的假髮打賭，要是你再喝下去會死的——你聽明白了嗎？——死，回你老家，像《聖經》裡寫的傢伙那樣。好了，使點力，我來扶你回床上去。」

我們兩個人費了好大勁把他扶上樓，放倒在床上，他的頭摔在枕頭上，像是差點又昏過去了。

「現在，記住，」醫生說，「憑良心說，酒對你來說就是毒藥。」

然後他就挽著我去看我父親了。

「沒什麼大不了的，」他一關上門就說，「我給他放血放得夠多了，能讓他平靜上一會兒。他得在那裡躺一個禮拜——這對你對他都再好不過。但他要是再中一次風，就沒救了。」

03

黑券

大約中午的時候，我給船長送去一些清涼飲料和藥。他還像我們走的時候那樣躺著，只是稍微抬高了一點身子，看上去既虛弱又亢奮。

「吉姆，」他說，「你是這裡唯一的好人，你知道我一直對你不錯。每個月還給你一個四便士銀幣。現在你看，老弟，我沒用了，沒人理我，吉姆，你幫我拿一小杯酒來，就現在，好不好，老弟？」

「醫生說——」我說。

他打斷了我，有氣無力而又發自內心地罵起醫生來。

「醫生都是狗屁，」他說，「這個醫生，他對水手知道些什麼？我去過熱得像熱柏油一樣的地方，還有別人都一個個得黃熱病倒下的地方，還有特別愛地震的地方，地晃得像海一樣——醫生對這樣的地方又知道些什麼呢？——我就是靠酒活下來的，我告訴你。對我來說，酒就是肉，就是水，就是兄弟，就是老婆。如果我現在喝不到酒，我就是條被扔在岸上的老破船架子。我的血會濺到你身上的，吉姆，還有那個狗屁醫生。」他又罵了一陣。「你看，吉姆，我的手指抖得多厲害，」他又懇求說，「我都沒辦法不抖。天知道今天我還一滴酒都沒喝過呢。那個醫生是個笨蛋，我告訴你。如果我今天喝不到酒，我就會看見可怕的東西，我已經有點看見了。我看見老佛林特站在角落裡，就在你背後，我看得一清二楚。如果我看見可怕的東西，就會撒野、大吵大鬧。你那個醫生自己也說，我喝一杯沒事。我可以給你一個基尼換一小杯，吉姆。」

他愈說愈激動，我怕他吵到我父親，父親那時病情也愈來愈嚴重了，需要安靜。另外，他提到的醫生的話，也有點讓我覺得給他喝一杯也沒什麼關係。但是我不高興他要賄賂我。

「我不要你的錢，」我說，「但是你還欠我爸爸的帳要還的。我就給你一杯，就一杯。」

我把酒拿來，他貪婪地一把抓過去，一飲而盡。

「啊，啊，」他說，「這下當然好多了。那麼，小兄弟，醫生說我要在這破床上躺多久了嗎？」

「至少一個禮拜。」我說。

「見鬼！」他叫起來，「一個禮拜！我躺不了一個禮拜，他們要來給我發黑券了。那幫蠢貨這時正在到處打聽我的消息呢。蠢貨存不住自己的東西，就打別人的主意。我倒想問問他們，這是水手的作風嗎？我可是節約慣了，從來不糟蹋自己的辛苦錢，也不想弄丟了。我要再耍耍他們，我又不怕他們。我要再揚起一面帆，再把他們玩一把。」

他一邊和我說話，一邊艱難地從床上起來，緊緊抓著我的肩膀，差點沒把我捏哭，並沉重緩慢地移動雙腿。說的話雖然凶，但說得有氣無力的，對比起來顯得很悲慘。最後他在床邊坐下。

「那個醫生把我整慘了，」他嘟囔道，「我耳鳴。快讓我躺回去。」

我還沒來得及幫他，他就倒回了原位，默默地躺了一會兒。

「吉姆，」他隔了好一會兒說，「你看到今天那個水手了嗎？」

「黑狗？」我問。

「沒錯，黑狗，」他說，「他很壞，但叫他來的人更壞。要是我徹底跑不了了，他們給我送來了黑券，你要記住，他們是為了我的箱子，你騎馬——你會騎馬吧？好，你就騎馬——哎！我不管了——去找那個該死的狗屁醫生，叫他召集全部人手——別的治安官啊什麼的——把人都帶來本葆將軍旅店——把所有老佛林特的人一網打盡。我以前是大副，老佛林特的大副，只有我知道那個地方。他在薩凡納告訴我的，他那時快死了，就像現在我這樣。不過你得等到他們給我發黑券才能去，或者你又看見了黑狗，或是一個獨腳水手，吉姆，他是最要命的。」

「可是黑券是什麼東西，船長？」我問。

「是一種召喚，老弟。如果他們送來了我會告訴你的。不過，你要把眼睛放亮，吉姆，將來我會和你對半分的，我保證。」

他又胡扯了一通，聲音愈來愈小，我把他的藥給他，他就像小孩一樣乖乖吃了下去，一邊說：「如果世界上還有什麼水手要吃藥的話，那就是我了。」然後沉沉地昏睡過去，我也就離開了他。我不知道按理說我要怎麼做。也許我會把所有事都告訴醫生，因為我怕得要死，怕船長後悔對我說得太多會殺人滅口。但是事情撞在一起，那天晚上我可憐的父親突然就去世了，我顧不上別的事情，心裡悲痛，要接待來弔喪的鄰居，要安排葬禮，還要管當時旅店裡的所有事情，忙昏了，根本沒時間想船長的事，更談不上怕他了。

第二天早上，他居然像以往一樣自己下樓來吃早飯了，儘管他東西吃得很少，但酒恐怕喝得比以往還多，因為他自己去酒櫃拿酒喝，他繃著臉、哼著氣，誰也不敢惹他。葬禮的前一天晚上，他像以前那樣酩酊大醉，又唱起了那首難聽的老水手歌謠，在這籠罩著悲慟的房子裡顯得如此突兀，令人驚愕，但是他當時那麼虛弱，我們也很怕他死掉，醫生又忽然去幾英里外出診了，我父親去世後他就沒到附近來過。我說了船長很虛弱，實際上他根本不是一天天好起來，而是一天天衰弱下去。他爬上爬下樓梯，從客廳到酒櫃來來回回，有時把鼻子探出門去聞大海的氣息，都要扶著牆，呼吸得又困難又急促，就像在陡峭的山上。他沒有再和我特地說什麼，我覺得他已經把他曾對我吐露過祕密這件事徹底忘了。可他的脾氣愈來愈乖戾，加上他身體不好，簡直前所未有地暴躁。他現在喝醉了就會拔出彎刀放在面前的桌子上，讓人退避三舍。不過，他現在不怎麼在意周圍的人了，好像沉浸在他自己的世界裡，恍恍惚惚的。比如說有一次，他忽然換了一首歌，唱起一首像鄉村情歌那樣的曲子，讓我們好不驚詫，那應該是他在年輕時、出海以前學的。

事情就是這樣，直到葬禮後的一天，下午三點鐘左右，寒冷，霧濃，我在門口站了一會兒，想著父親，滿心悲傷，這時我看見路上慢慢地過來一個人。他明顯是個瞎子，因為他用一根枴杖在身前敲打著探路，眼睛和鼻子上還蒙著一個很大的綠眼罩，不知是上了年紀，還是病了，他佝僂著身子，身上一件碩大的帶兜帽的舊水手披風，使他看上去完全是畸形的。我這輩子還沒見過外表比這更可怕的人。他在離旅店不遠的地方站住，扯開嗓子抑揚頓挫、怪腔怪調地對著眼前的空氣說：

「哪位好心的朋友能告訴這個可憐的瞎子，他現在是到了哪裡？他為保衛祖國而獻出了寶貴的雙眼，願上帝保佑喬治王！」

「朋友，你在黑山灣的本葆將軍旅店。」我說。

「我聽見有人說話，」他說，「是個年輕人。好心的小朋友，能幫把手領我進去嗎？」

我把手伸過去，那個面目恐怖、說話溫柔的瞎眼怪物立刻像個鉗子一樣牢牢抓住了我的手。我嚇了一大跳，想把手抽回來，但他手臂一動就把我扯到了他身邊。

「聽著，小子，」他說，「帶我去見船長。」

「先生，」我說，「說實話，我不敢。」

「哦，」他冷笑一聲，「原來如此！快帶我去，不然就把你手臂扭斷。」

說著他扭了一下我的手臂，疼得我叫出了聲。

「先生，」我說，「我是為你好。船長跟以前不一樣了，他坐在那裡，面前擺著把出鞘的刀。有個別的先生……」

「夠了，走。」他打斷我說，我從來沒聽見過像這個瞎子這樣，這麼凶這麼冷酷又難聽的聲音。恐懼壓過了疼痛，我馬上服從了他，領著他直接從門口走向客廳，生病的老海盜正坐在那裡，醉得兩眼發直。瞎子的一隻鐵腕抓著我，緊緊靠著我，把幾乎全身的重量都壓在我身上，我簡直撐不住他。「把我帶到他面前去，等他看見我了，你就喊『你的老朋友來了，比爾』。要是你不照辦，我就讓你嘗嘗這個。」說著，他扭了我一下，痛得我差點昏過去。就這樣被這個瞎乞丐這樣那樣地恫嚇，嚇得我把對船長的懼怕拋到了腦後，我打開客廳的門，用顫抖的聲音喊出了那些他要我說的話。

船長抬起眼來，醉意霎時全消，他清醒地盯著乞丐，臉上的表情與其說是恐怖，不如說像得了絕症。他動了一下想要站起來，但我看他力不從心。

「好了，比爾，就坐那裡吧，」乞丐說，「就算我看不見，我也能聽見你在動指頭呢。公事公辦，把你左手伸出來。小子，抓著他手腕把他左手拉到我右邊來。」

我和船長都一字不差地照做了，我看到瞎子把什麼東西從他握楞杖的手裡放到了船長手心，船長馬上把手握成了拳頭。

「完事啦！」瞎子說著突然就鬆開了我的手，以不可思議的準確與敏捷閃出大廳上了路，我傻傻站在原地，聽著他的楞杖嗒嗒嗒地遠去。

過了一會兒，我和船長才回過神來，最後，幾乎在同時，我鬆開了一直握著的他的手腕，他抽回手急急地看手心。

「十點鐘！」他叫起來，「還有六個小時，我們還來得及！」說著猛站起身。

他剛一站起來，身體就晃了一下，用一隻手卡住了自己的喉嚨。他搖搖晃晃地站了一會兒，然後發出了一種古怪的聲音，接著整個身體向前栽倒在地板上。

我立刻跑到他身邊，喊我的母親。然而我們再快也是徒勞。突如其來的中風已經要了船長性命。說來也怪，我肯定是從來沒喜歡過這個人，但近來我開始同情他，當我看到他死了，我不禁潸然淚下。這是我所遭遇的第二場死亡，而第一場死亡所帶來的悲傷仍記憶猶新。

04

水手的箱子

我趕緊把所有事告訴了母親，也許我早該告訴她了，我們發現我們處境艱險。一部分船長的錢——如果他有的話——是應該還欠我們的帳的，但是船長的夥伴們，尤其是我看到的那兩人，黑狗和瞎乞丐，不太像是會把他們的戰利品拿出來替死人還債的樣子。船長曾讓我立即去找利夫西醫生，但那樣的話我就要離開我的母親，留下她一個人孤立無援，所以不可行。實際上，看起來我們兩個都不能再在這房子裡待下去，廚房爐格裡的碎煤塊掉落，鐘的滴答聲，都讓我們心驚肉跳。周圍在我們聽來總像是有腳步聲在走近。旁邊是船長在大廳地板上的屍體，再想想可怕的瞎乞丐就在不遠的地方走動，等下就要回來，我好幾次像俗話說的那樣渾身泛起雞皮疙瘩。得當機立斷了，我們最後決定一起去鄰近的村莊尋求幫助。說走就走，我們連帽子也沒戴，就衝進了漸濃的夜色和霜霧之中。

那個村子雖然望不見，但是也就幾百公尺遠，在小海灣的另一邊。讓我寬慰的是，它在那個瞎乞丐來的路的反方向，他離開大概也會原路返回。我們在路上沒走多久，雖然我們有時會停下來，互相拉住，側耳傾聽，但什麼異常的聲響都沒有，只有海浪輕輕拍岸，還有樹林裡呱呱的鳥叫。

我們到的時候，村子裡已經點起了燈，我永遠不會忘記看見門窗裡的暖黃色光有多高興，但結果發現，那是我們在那裡所能得到的最好的幫助。你或許會覺得村裡人該為他們自己感到羞愧——沒有人願意和我們一起回本葆將軍旅店。我們愈是訴說我們的麻煩，他們——男女老少——就愈往他們房子裡躲。佛林特船長的名字對我來說很陌生，但他們有人對他很熟悉，那個名字引起了他們極大的恐慌。有些人先前在離本葆將軍旅店稍遠一點的田地裡工作，記得看到了路上有些陌生人，他們以為是走私者，就遠遠避開了。至少有一個人看見被我們稱為「貓洞」的小海灣裡有艘小帆船。更不用說，任何老佛林特船長的人都能把他們嚇得要死。反正，有人願意騎馬去找在另一個方向上的利夫西醫生，但沒人願意幫我們保衛旅店。

人們常說怯懦會相互傳染，但反過來，爭論也能使人勇氣倍增，等大家說完了，我母親講了一番話，說她不會讓她沒父親的兒子失去應該屬於他的錢，「如果你們都不敢，」她說，「吉姆和我敢。我們要回去，就從我們來的路上，謝謝你們這些體壯如牛、膽小如鼠的人。我們要去開箱子，就算死也要。謝謝克勞斯利夫人借我袋子去裝回依法屬於我們的錢。」

我當然說要和我母親一起走，他們當然也是紛紛大呼說我們愚勇，即使那樣仍沒人願意跟我們走。他們所做的就是給了我一把裝好彈藥的手槍，以防我們被襲擊；承諾會為我們備兩匹馬，好讓我們返回被追趕時用；還有一個小夥子騎馬去醫生那裡找救兵。

當我們再次踏上寒夜中的險途，我的心怦怦直跳。一輪滿月開始上升，帶著發紅的光芒從霧氣上方探出，這使我們更加快了步伐，因為很顯然，在我們再次返回前，月光會亮如白晝，把一切都照得清清楚楚，任何人都會看見我們。我們沿著樹籬疾走，不發出一點聲響，也沒有看見或聽見什麼會讓我們更驚惶的東西，直到進了本葆將軍旅店，關上門，我們才鬆了一口氣。

我立即插上門閂，我們在黑暗裡站著喘了一會兒，房裡只有我們和船長的屍體。母親從酒櫃裡摸出一根蠟燭，我們手拉著手進入客廳。他還像我們走的時候那樣仰面朝天躺著，睜著眼睛，一隻手臂伸在外面。

「把百葉窗合上，吉姆，」母親輕聲說，「他們來了會從外面看。」我關好窗以後她又說：「現在我們要去拿那把鑰匙，我真不知道誰敢去碰它！」她說這話時帶著哽咽聲。

我趕緊跪下，在他手邊的地板上有一張小圓紙片，一面塗著黑色，我想這就是黑券，把它撿起來，看到另一面用非常好和清楚的筆跡寫著這樣的訊息：你的期限是今晚十點。

「他們十點來，媽。」話音剛落，我家的鐘就敲了起來，這突然的響聲把我們兩個嚇得毛骨悚然，不過好消息是，它只響了六下。

「吉姆，」她說，「鑰匙。」

我一個口袋一個口袋地去摸，一些小硬幣，一枚頂針，線和幾根大的縫衣針，一卷一頭咬過的菸草，他的彎柄小刀，一只袖珍羅盤，一個打火匣，全部就這些，我有點失望。

「可能掛在他脖子上。」母親提醒說。

我克服著強烈的噁心，扯開他的襯衫領，發現他脖子上果然繫著一條油膩的繩子，我用他的小刀割斷繩子，我們找到了鑰匙。這勝利使我們充滿了希望，馬上上樓，到他住了很久的小房間去，從他到的第一天起，箱子就擺在那裡。

它外表看起來和任何一個水手的箱子沒什麼兩樣，蓋子上用烙鐵燙著他姓名的首字母，角上因為長年粗暴的使用而破破爛爛的。

「把鑰匙給我。」母親說。雖然那把鎖很緊，她還是一眨眼就開了鎖、掀開了箱子蓋。一股很濃的菸草和柏油的味道冒出來，但箱子的上層只有一套認真刷過疊好的很好的衣服。母親說它們從來沒被穿過。下面一堆雜物——一架象限儀、一只小錫罐、幾支菸草、兩把很帥的手槍、一塊銀條、一只老舊的西班牙錶、幾件不值錢的小飾品，大都是外國做的，一副黃銅鑲嵌的羅盤、五六枚稀奇的西印度洋貝殼。我後來常常想，他在他顛沛流離、朝不保夕的犯罪生涯裡，為什麼要帶著這些貝殼。

當時，除了銀條和小飾品，我們沒找到任何值點錢的東西，但銀條和小飾品也不是我們想要的。箱底有一件歷經風霜、被海鹽染成白色的舊航海斗篷，母親不耐煩地把它扯出來，於是箱子裡最後的東西掉落在我們眼前：一卷用油布包著的東西，像是紙；一只帆布袋，觸碰時發出金幣鏗鏗聲。

「我要讓這幫流氓看看，我是個誠實的女人，」我母親說，「我只收欠我的帳，一塊錢都不會多拿。拿著克勞斯利夫人的袋子。」她開始從船長的袋子裡數出他欠的數目放進我拿著的袋子裡。

這是件費時費力的工作，因為錢幣是各個國家的，大小不一，有西班牙金幣、法國金幣、英國基尼，還有西班牙銀幣，還有我不認識的，全部混在一起。英國基尼最少，卻是我母親唯一知道怎麼算的。

我們大約數到一半的時候，我突然按住了她的手臂，因為我聽見在寂靜寒冷的空氣中有一個聲音，把我的心提到了喉嚨——就是那個瞎子的枴杖在凍得硬邦邦的路上敲擊的嗒嗒聲。那聲音愈來愈近，我們坐著，氣也不敢出。接著它猛地敲在了旅店門上，我們聽見門把手被轉動，門閂嘎嘎作響，那個壞蛋想要進來。之後過了滿長一段時間，屋裡屋外都沒有聲音。最後嗒嗒聲又響起來，讓我們感到難以形容的開心和謝天謝地的是，它漸漸遠去直到聽不見了。

「媽，」我說，「全拿了走吧。」儘管沒見過那個可怕瞎子的人簡直不知道我有多慶幸我閂上了門，但我也確信閂上的門看起來很可疑，海盜們很快就要傾巢而來。

但我母親，雖然很害怕，還是不肯多拿一分錢，也固執地不肯少拿。她說還沒到七點，還早，她知道她的權利，她不想放棄它。還在跟我爭執，遠遠的山上傳來一聲低哨聲。我們兩個立刻意識到，沒什麼好多說的了。

「我帶上已經拿了的。」她趕緊站起來。

「我要拿這個抵帳。」我撿起了油布包。

我們很快摸索著下了樓，把蠟燭留在空箱子旁邊，開了門就往外跑，時間已經不多了。霧正在迅速散開，皎潔的月光已經照耀在整個高地上，只有谷底和旅店門口一點點地方還懸聚著紗似的薄霧，掩護了我們出逃的最初一小段路。在距離村子不到一半路的地方，出了山谷，我們必須走到月光下。就在這時，我們已經聽到了一陣奔跑的腳步聲，我們回頭看，只見一束光搖來搖去很快地往這邊來，想必是來人中有人拿著提燈。

「好兒子，」母親突然說，「拿著錢跑吧。我跑不動了。」

我覺得我們兩個完了。我真想罵鄰村的人怯懦，又怪可憐的母親既誠實又貪婪，先前愚勇而眼下虛弱！幸而我們正好到了小橋邊，我扶著腳步踉蹌的她走到岸邊，她在那裡歎了口氣就倒在了我肩膀上，我不知道我哪裡來的力氣，動作怕是很粗魯地把她拖下河岸，放在橋洞邊。我沒辦法再挪動她了，因為橋太矮了，我在底下只能用爬的，我們只能那樣待著——母親的身體幾乎全露在外面，聽得見旅店那邊傳來的聲音。

05

瞎子的下場

我的好奇心在一定程度上比我的恐懼更強烈，我在橋下待不住，又爬回岸上，躲在一叢金雀花後面，在那裡我可以盯著家門前的路。

我剛一躲好，敵人們就來了，七八個人跑得很快，腳步雜遝不齊，拿著提燈的人跑在最前面。有三個人手拉著手並排跑，即使有霧，我還是能認出中間那個人是瞎乞丐。接著他的聲音證明我看得沒錯。

「把門撞開！」他喊。

「遵命！」兩三個人答應著，衝向本葆將軍旅店的大門，拿提燈的人緊隨其後，接著我就看見他們停了下來，聽見他們低聲交談起來，像是奇怪門怎麼開著。但瞎子很快又下了命令，他的聲音更高更響了，又急又躁，像著火般。

「進去！進去！進去！」他一邊吼，一邊罵他們拖拖拉拉。

四五個人立刻衝了進去，還有兩個人陪著令人生畏的瞎子留在路上。又停了一會兒，爾後是一聲驚呼，房裡有個人喊：

「比爾死了！」

瞎子又罵他們動作慢。

「搜他身，你們這些笨手笨腳的，還有的上樓拿箱子。」他喊。

我聽見他們踩得我們的老舊樓梯嘎吱嘎吱地響，房子都搖了起來。很快又有人驚叫起來，船長房間的窗戶被「砰」地打開了，玻璃碎得哐啷哐啷響，一個人上半身探出到月光裡，對著下面路上的瞎乞丐報告。

「皮尤，」他喊，「我們來晚了。有人已經翻過箱子。」

「東西還在嗎？」皮尤咆哮道。

「錢還在。」

瞎子又說去他的錢。

「我是說佛林特的文件。」他喊。

「沒看見。」那個人回話說。

「喂，下面的人，東西在不在比爾身上？」瞎子又喊。

聽了這話，另一個可能是留在樓下搜船長身的夥計走到旅店門口說：「我已經把比爾全身上下翻遍了，什麼也沒有。」

「是店裡的人——是那小子。真想把他眼睛挖出來！」瞎子皮尤叫道，「他們剛才還在這裡，我想開門的時候他們還插著門閂。快分頭去找，弟兄們，快把他們找出來。」

「果不其然，他們的蠟燭還在這裡呢。」窗口的人說。

「分頭去找！把房子翻個底朝天！」皮尤用枴杖敲著路反覆說。

於是我們的老旅店被折騰慘了，重重的腳步咚咚咚地來來去去，家具被摔翻，門被踹開，響動甚至在岩壁上迴響。後來他們又一個個從房裡出來，來到路上，說找不到我們。在母親和我在數船長錢的時候，曾驚嚇到我們的那個哨聲又清晰地在夜裡響了起來，不過這次重複了兩聲。我本來以為是瞎子召集他同夥發動進攻的衝鋒號，但我現在發現那是從村子對面的半山腰上發出來的，而且從海盜們的反應上來看，這信號是警告他們危險要來了。

「又是德克，」有個人說，「兩聲！我們快撤吧，兄弟們。」

「撤，你這窩囊廢！」皮尤喊，「德克從來就是個笨蛋膽小鬼——你們不用怕他。他們人肯定還在附近，跑不遠，都快到手了，快分頭去找他們，豬！他媽的，」他說，「我要是看得見就好了！」

這話產生了一點作用，有兩個人開始在破碎的家具堆裡東翻西找，不過心不在焉，我想，他們還有一半心思始終提防著自身安危，剩下的人則站在路上猶豫不決。

「眼看著要發財了，你們這些笨蛋，這時候難道你們要退縮了！要是能找到它，你們就能像國王一樣有錢，現在你們明明知道它就在這裡，卻站著裝病。你們沒有一個人敢去見比爾，我去——我這個瞎子！現在我的大好事要被你們弄泡湯了！現在只能當一個可憐的臭要飯的，喝酒混日子，我本來明明可以坐上四輪馬車了！如果你們還有那麼一丁點膽子的話就該抓住他們啊。」

「算了，皮尤，我們拿到了西班牙金幣！」有人嘟囔著說。

「他們可能把東西藏起來了，」另一個人說，「這些英國金幣你拿去，皮尤，別站在這裡鬼叫了。」

聽到「鬼叫」二字，皮尤火冒三丈，他怒不可遏地對著他們一通亂打，他的枴杖聽上去重重地打在了不止一個人身上。

於是，海盜們也回罵瞎子，用惡毒的話恐嚇他，還想要抓住他的枴杖把它從他手裡扯走，但是沒能成功。

這場爭吵救了我們。正當他們還在打著，又一個聲音從村邊山頂上傳來——奔馬的蹄聲。幾乎在同時，樹籬邊火光一閃，一聲槍響，傳出信號。這顯然是最後的危險的訊號，海盜們瞬間轉頭就跑，向四面八方逃散，有一個沿著小海灣往海邊跑，還有一個人走斜線翻山，如此這般，不出半分鐘他們就跑得無影無蹤，只剩下皮尤。他們把他丟下了，是完全因為恐慌，還是報復他病態的謾罵與毆打，我不知道。他落在後面，在路上狂亂地跑來跑去，摸索和呼喊他的同夥，最後他跑錯了方向，經過我身邊，朝村子跑去，邊跑邊喊：

「強尼，黑狗，德克，」還有其他一些名字，「你們別丟下老皮尤的呀，兄弟們——別丟下我呀！」

這時馬蹄聲已越過山頂，四五個騎馬的人出現在月光下，飛奔下山來。

皮尤發現自己錯了，尖叫著轉身往路溝裡跑，結果滑倒了，但他馬上爬起來再跑，這下暈頭轉向，正好撞在最近的一匹奔馬蹄下。

馬上的人想要救他，但為時已晚。皮尤一聲慘叫響徹夜空，倒了下去，四蹄從他身上踐踏而過。他側著倒下，臉朝下慢慢地趴到地上去，一動也不動了。

我跳出來招呼騎馬的人，他們勒住了馬，無論如何，他們遭此意外驚悸不已，我也很快看出了他們是誰。走在最後面的那個是村子裡去找利夫西醫生的小夥子，其他都是稅務員，小夥子在路上遇到他們後就靈機一動馬上把他們帶回來。督稅官丹斯已經聽到了關於貓洞裡的小帆船的一些消息，於是這天晚上就到我們這邊來了，這樣一來，母親和我便得以死裡逃生。

皮尤死了，死得透透的。至於我母親，我們把她抬進村子，給她喝了一點鹽水，她就緩過來了，除了受到了驚嚇，她沒有什麼不適，就是還在哀歎帳還沒結清。這時候，督稅官他們還在繼續騎馬，全速趕往貓洞，但他們到了山谷裡不得不下馬來試探著前進，他們牽著馬，有時還要推牠們一把，並且一直擔心著會不會有埋伏。所以當他們下到貓洞的時候，小帆船已經離岸了，不過還沒開遠。

督稅官朝它大聲喊話，一個聲音回話說讓他別站在月光裡否則小心吃子彈。同時，一顆子彈「嗖」一地擦著他的肩膀飛過。不多時，小帆船繞過岬角不見了。丹斯先生站在那裡，自歎：「如魚離水呀。」他所能做的就是派人去布里斯托讓他們攔截。「這樣也沒什麼用，」他說，「他們到了海上就沒辦法了。不過，」他又說，「我很高興把皮尤老大送回老家去。」他說這話時我已經告訴他事情的經過。

我和他回到本葆將軍旅店，你簡直很難想像房子被破壞成了什麼樣，這些人找我和我母親的時候把鐘也掀倒了，雖然他們也沒拿走什麼東西，除了船長的錢袋和錢箱裡的一點銀條，但是我一看就知道我們破產了。丹斯先生不理解為什麼會這樣。

「你說他們把錢拿走了，不是嗎？那麼，霍金斯，他們還要找什麼呢？是更多錢嗎？」

「不是的，先生，我覺得不是錢，」我回答說，「實際上我想他們要找的東西就在我胸口的口袋裡，老實說，我想把它放在安全的地方。」

「那肯定要放好，孩子，確實如此，」他說，「我來拿著好了，如果你願意的話。」

「我覺得，也許，利夫西醫生……」我說。

「你說得很對，」他欣然接受，「非常好——他是位紳士，又是治安官。現在我想要不我自己去一趟，把這事告訴他和鄉里。最後皮尤老大死了，我倒不是可惜這個，但他死了，你看，有人會把這件事拿出來究責，當作反對給皇家稅務官繳稅的理由，只要有可能的話。要不，我想跟你說的是，霍金斯，如果你願意，我想帶你一起去。」

我衷心謝謝他的提議，我們走回村子，馬都在那裡。我把我的盤算跟母親說好，他們也都整裝待發了。

「道格，」丹斯先生說，「你騎馬，帶上這個孩子吧。」

我一上馬，抓住道格的腰帶，督稅官就下令出發，我們的馬一溜小跑上了路，向利夫西醫生家奔去。

06

船長的文件

我們一路快馬加鞭，直到利夫西醫生家門口才停下。房子前面一片暗黑。

丹斯先生叫我下馬去敲門，道格騰出一只馬鐙給我踩。有個女傭很快開了門。

「利夫西醫生在家嗎？」我問。

她說不在，他下午回來過，但去地主家吃晚飯了，晚上也會和地主一起度過。

「那我們走吧，孩子們。」丹斯先生說。

這次因為路程很短，我就沒上馬，拉著道格的馬鐙皮帶跑到了聚會地點的大門口。穿過一條長長的、月光照耀的林蔭道，來到一幢被古老的大花園所簇擁的白色大房子前。丹斯先生在這裡下了馬，經通報後，帶我一起走進屋內。

僕人領我們走過一條鋪著地毯的走廊，帶我們到一間很大的書房，四面全是書櫃，頂上擺著許多半身胸像，地主和利夫西醫生手裡拿著菸斗坐在明亮的火爐兩旁。

我從來沒在這麼近距離看過地主。他個子很高，超過六英尺，魁梧而勻稱，有一張粗獷豪邁的臉，在他漫長的旅行中變得粗糙、紅紅的、皺紋深刻。他的眉毛很黑，很愛動，這讓他看上去有種不算不好、就是有點急性子的性格。

「請進，丹斯先生。」他莊嚴而和藹地說。

「晚安，丹斯。」醫生點頭招呼說，「小吉姆，你也晚安。是什麼好風把你吹來了？」

督稅官站得直挺挺地開始講故事，講得像上課一樣，兩位紳士聽得身體往前傾，不時彼此對望，既感興趣又吃驚，菸都忘了抽。當他們聽到我母親是如何回到旅店時，利夫西醫生直拍大腿，地主喊：「了不起！」不小心把他的長菸管都折斷在爐柵上。故事還沒說完，崔勞尼先生（就是地主）已經從座位上站起來，在房間裡來回踱步。而醫生，也許是為了聽得更清楚些，把他撲了粉的假髮摘下，頂著他自己的一頭黑短髮坐在那裡，看上去還真奇怪。

最後丹斯先生把故事說完了。

「丹斯先生，」地主說，「你是個很高尚的人。撞死那個凶狠黑心的瞎子，我覺得也是做了件好事，就像踩死一隻蟑螂。這個小夥子霍金斯也是好榜樣，我覺得。霍金斯，你幫我按按鈴好嗎？給丹斯先生來點啤酒。」

「所以，吉姆，」醫生說，「他們找的東西在你這裡，對嗎？」

「就是這個，先生。」我說著，把油布包交給他。

醫生接過去仔細端詳，似乎手指發癢很想要打開它，但還是把它放進了外套口袋裡。

「崔勞尼先生，」他說，「丹斯喝完酒還要回去執行公務，你允許的話我想把霍金斯留下睡在我家，我們請他吃冷餡餅吧，讓他吃晚飯。」

「好呀，利夫西，」地主說，「論霍金斯的功勞，今天應該請他吃比冷餡餅更好的東西的。」

於是一大塊鴿子肉餡餅被端來放在邊桌上，我飽餐了一頓，因為我餓得像鷹一樣，聽見丹斯先生又被誇讚了幾句，然後離去了。

「好了，崔勞尼先生。」醫生說。

「好了，利夫西。」地主同時說。

「一個個說，一個個說，」利夫西醫生大笑道，「你聽說過那個叫佛林特吧，我猜？」

「聽過！」崔勞尼先生喊，「豈止是聽過！他可是海上最嗜血的海盜，黑鬍子跟他比簡直就是個小孩，西班牙人對他怕得要死，跟你說，我有時候簡直驕傲他是英國人。我曾經親眼見過他的中桅帆，但我坐的那條船的船長是個蘭姆酒桶養的膽小鬼，他馬上把船往回開，開回了西班牙港。」

「嗯，我在英國也聽說過他，」醫生說，「所以，他有錢嗎？」

「錢！」地主又叫起來，「你聽剛才丹斯說的了嗎？這些惡棍除了錢還有什麼想要的啊？他們除了錢還在乎什麼呀？他們豁出爛命也要追求的，除了錢還能是什麼呀？」

「我們很快就知道啦，」醫生說，「不過你這麼興奮地喊，我可是一個字也聽不清呀。我想知道的是：如果在我口袋裡裝著佛林特藏寶的線索，那些寶藏的數目會有多大？」

「有多大？先生，」地主說，「這麼說吧，如果我們有了你說的那個線索，我就到布里斯托碼頭裝配一條船，把你和霍金斯都帶上，花一年也要找到那些寶藏。」

「很好，」醫生說，「那麼，現在如果吉姆同意的話，我們來拆包裹吧。」說著他把油布包放在面前的桌子上。

那包東西是縫起來的，醫生只好拿出他的工具箱內醫用剪刀把線拆開。裡面有兩樣東西——一本冊子和一卷帶封印的紙。

「我們先來看看這本東西吧。」醫生說。

利夫西醫生好心地招手把我從吃飯的邊桌旁叫過去，享受探索的樂趣，地主和我一起在他旁邊凝神看著他翻開冊子。第一頁上只有些塗鴨的字，像一個人拿了枝鋼筆閒來沒事隨便寫寫或練練字。有一行和船長身上的刺青一樣，「比利・伯恩斯的珍愛」，此外還有「大副伯恩斯先生」、「戒蘭姆酒」、「在棕櫚沙灘外他得到了它」，還有些其他的隻言片語，大都是一個詞，而且莫名其妙的。我忍不住想，誰得到了「它」，「它」又是什麼，說不定是背後捅上一刀。

「這裡沒什麼線索。」利夫西醫生說著，一邊往下翻。

接下來的十到十二頁寫滿了奇怪的帳目，每一行的頭上寫著日期，末尾寫著金額總數，這就像普通的帳本一樣，但是它當中沒有寫說明，只畫了數量不等的若干十字。比如說，一七四五年六月十二日，明顯有一筆七十鎊的錢算在了什麼人頭上，但是也不知道是什麼錢，只畫了六個十字來標注這件事。有一些條目裡倒是加了地名，比如「卡拉卡斯附近」，或只是記了一個經緯度，像「62°17'20"，19°2'40"」。

這本帳記了將近二十年，隨著時間推移，帳上的金額也愈來愈大，在最末尾，加錯了五六次以後，算出來一個總數，旁邊寫著「伯恩斯的這份」。

「我對這個看不出個所以然。」利夫西醫生說。

「事情再清楚不過啦，」地主大聲說，「這就是這個黑狗的帳本呀。這些十字代表了他們擊沉或掠奪的船或城鎮的名字。金額是他分到的錢。他擔心弄不清楚的地方就會再寫清楚一點，像這個，『卡拉卡斯附近』，你看，就是有條倒楣的船在那裡海岸附近遭殃了。上帝憐憫那些可憐的靈魂，他們早就變成珊瑚了。」

「對哦！」醫生說，「到底是旅行家。就是這樣！你看，隨著他職位提升，分到的錢也變多了。」

這本冊子最後幾頁記著幾個地點的方位，還有一個法國、英國和西班牙貨幣的換算表，別的就沒什麼了。

「真是個節儉的人！」醫生感歎道，「沒人糊弄得了他。」

「好了，」地主說，「來看另一樣。」

那卷紙用火漆封住了好幾處，上面用頂針代替印章蓋了戳，可能就是我在船長口袋裡找到的那個頂針。醫生小心翼翼地拆開封口，裡面掉出來一張島的地圖，上面標著經緯度，海水深度，山丘、海灣和小水灣的名字，還有讓船安全靠岸所需要的每一個細節。這座島大約九英里長，五英里寬，形狀猶如一條站起來的胖龍，還有兩個深藏在陸地裡的優良避風港，島中央有一座寫著名字叫「望遠鏡」的山。圖上還有幾處後來加上去的附注，最醒目的是三個紅墨水畫的十字——兩個在島的北部，一個在西南——第三個紅十字旁邊，還是這枝紅筆，用小小的、工整的、和船長歪歪斜斜的形象很不一樣的字寫著：「大筆財寶在此。」

反面由同樣的筆跡寫著以下幾行：

高樹，望遠鏡的山肩，往北北東。

骷髏島東南東偏東。

十英尺。

銀條藏在北邊；你可沿東邊小山丘走，面對黑色峭壁，在它南方十英尋處。

武器很好找，在北面海岬的北角，方向東偏北四分之一，沙丘裡。

傑．佛

就這些。那麼簡短，我看不懂，但是地主和利夫西醫生可高興了。

「利夫西，」地主說，「你快別做你那些可憐工作了。明天我就去布里斯托。三個禮拜之內——不，還是兩個禮拜吧——十天，找到全英國最好的船和最好的船員。霍金斯可以在船上當個服務生。你能當一個一流的服務生，霍金斯。利夫西，你就當隨船醫生。我當隊長。我們帶上雷德路斯、喬伊斯和杭特。我們全速航行，一路順風，很快找到那裡，找到錢，然後就大吃大喝，在那裡頭打滾，用來打水漂。」

「崔勞尼，」醫生說，「我跟你去，還有吉姆，我們肯定會好好的。只有一個人我不放心。」

「誰啊？」地主大聲問，「說出那傢伙的名字來！」

「你啊，」醫生說，「因為你管不住你的嘴啊。不是只有我們知道這地圖的事。今晚襲擊旅店的那夥人——個個都是亡命之徒——還有留在小帆船上的人，還有更多，我敢說，真不少，他們每一個，無論如何都一定會想辦法去拿那筆錢的。我們出海前誰也不要單獨行動。吉姆和我在一起，你帶上喬伊斯和杭特去布里斯托。我們誰也不能洩露一絲我們的發現。」

「利夫西，」地主說，「你總是說得沒錯。我會像死人一樣守口如瓶的。」

第二部

船上廚師

THE SEA-COOK

07

我去了布里斯托

我們出海前準備的時間超過了地主的預計，我們一開始的打算沒一個實現，就連利夫西醫生要我留在他身邊的設想也落空了。醫生得去倫敦找一位醫生來代替他行醫；地主在布里斯托忙得團團轉；我住在地主府上，被獵場看守人雷德路斯照管著，跟囚犯差不多，但我滿懷著航海夢，以及對陌生島嶼與冒險的迷人憧憬。我整天對著地圖琢磨，所有細節都牢記於心。坐在管家房間裡的爐火邊，我的心已經從每一個可能的方向登上了島，勘察了島上每一寸土地，上千次爬上那座他們稱作「望遠鏡」的山，從山頂飽覽奇妙多變的景色。有時島上都是野人，我們與之戰鬥；有時遍地猛獸追獵著我們，不過我所有的幻想裡沒有一樣及得上我們真實冒險的離奇與慘烈。

幾個星期過去，直到有一天來了一封給利夫西醫生的信，上面還寫著：「如果他不在，可由湯姆·雷德路斯或小霍金斯拆閱。」遵照這條指示，我們——其實是我，因為獵場看守人只會讀印刷體——讀到了以下重要消息：

老錨旅店，布里斯托，三月一日，一七XX年

親愛的利夫西：

由於我不知道你在我家還是仍在倫敦，我這封信一式兩份，分寄兩處。

船已買下並裝備，拋錨停泊，隨時可以出海。你想不出比它更棒的縱帆船了——一艘小孩也能駕駛它——載重兩百噸，名叫「伊斯帕尼奧拉」號。

我是透過我的老朋友布蘭德利買到它的，他真是總那麼想不到地好用，這位好得不得了的朋友簡直是為我做牛做馬、盡心盡力。實際上，我可以說，布里斯托的每個人，聽到了我們要去哪裡——我是說去尋寶——的風聲，都想為我們效勞。

「雷德路斯，」我停止讀信，說，「利夫西醫生不會樂意那樣的，地主還是說出去了。」

「可是誰說了算呢？」獵場看守人嘟噥說，「我就知道地主打死也不會因為利夫西醫生說了，就守口如瓶的。」

聽了這話我也不想再說什麼，繼續往下念：

布蘭德利親自找到了「伊斯帕尼奧拉」號，很有本事地用最低的價格把它買下。布里斯托有一班人看布蘭德利不對眼，他們一直說那個誠實的人為了錢什麼事都做得出

來，最明顯的誹謗是，說「伊斯帕尼奧拉」號是他自己的，他用離譜的高價賣給了我。但他們沒人敢否定這艘船的諸多優點。

到目前為止一切順利。工人們——裝索具的什麼的——是最慢的、最急人的，不過等一等也就算了。船員問題有點讓我傷腦筋。

我想招二十個人——好應付土著、海盜或是討厭的法國人——但我費了很大勁只找了六個，後來撞了大運才讓我碰到了我的理想人選。

當時我站在碼頭上，然後就遇到了這個人，跟他聊了起來。我發現他是個老水手，開著一家客店，認識布里斯托所有跑船的人，他不出海以後反而身體不大舒服，想找個在船上當廚師的工作來重返大海。他說他那個早上瘸著去到那裡，就是為了聞聞海水的鹹味。

我聽了以後大為感動（換做你也會），出於同情，我當場就請他來當船上的廚師。他叫高腳約翰．希爾佛，缺了條腿，不過我覺得那反而說明他值得用，因為他是在作為霍克將軍的部下，為國效力時失去那條腿的。他沒有退休撫卹，利夫西，想想這世道多糟糕啊！

好了，我以為我只是找到一個廚師，結果卻找到了一群人。希爾佛幫我在幾天裡招募來一大票最強悍的老水手——樣子不好看，可是從他們的臉上就能看到最不屈不撓的精神。我敢說，我們能跟一艘軍艦對打。

高腳約翰甚至從我已經招的六個人裡面開除兩個。然後跟我說他們是只能跑跑小河小湖的菜鳥，這種人在我們重要的冒險裡派不上場。

我現在身體和精神都好極了，食量大如牛，睡得像棵樹。但我要等聽到我的老水手們轉動絞盤時我才開心。噢，出海嘍！尋寶嘍！海之壯麗令我側目。所以現在，利夫西，快來，一刻也別耽誤了，如果你看得起我的話。

讓小霍金斯馬上去看看他母親，由雷德路斯陪著他，然後你們都全速來布里斯托。

約翰．崔勞尼

又及：

我忘了說布蘭德利，如果我們八月底還沒回去，他會再派條船去找我們，他還給我們找了個經驗很老到的船長，那人倔強頑固，這是個缺點不太好，不過除此以外，從所有其他方面來說他都是個寶。高腳約翰．希爾佛發掘了一個很能幹的人當大副，叫亞洛。我找了個會吹航海哨的人當水手長，利夫西，所以在「伊斯帕尼奧拉」號上，事情都會是軍事化的。

我還忘了告訴你，希爾佛挺有錢的，據我所知他有銀行戶頭，從來不透支。他把老婆留下打理客店，她不是白人，像你我這樣的老光棍也許可以理解，料想也許老婆更甚於健康問題，才是真正讓他重返大海的原因。

約．崔

再及：

霍金斯可以在他母親那裡住一晚上。

約．崔

你能想像這封信讓我有多興奮，我興奮得不得了。如果說我有瞧不起什麼人，那就是老湯姆．雷德路斯，他只會抱怨和唉聲歎氣。任何一個下面的獵場看守都會很高興和他換換位置，但地主不樂意。地主樂不樂意，對他們所有人來說就是法律，沒人敢抱怨，也就雷德路斯敢發發牢騷。

第二天他和我步行到本葆將軍旅店，我發現母親氣色很好。很長時間攪得我家雞犬不寧的船長已經去世不在人間。地主把所有東西都修好了，客廳和招牌都重新刷漆，還添了一些家具，特別是，在酒櫃後為我母親擺放了一把漂亮的扶手椅。他還為她找來一個男孩當學徒，好讓我出去的時候不缺幫手。

我看到那個男孩，才第一次明白我將面臨什麼。之前我只想到眼前的冒險時刻，一點也沒想到我將要離開的家。這會兒，見到這個笨手笨腳的陌生男孩，代替我陪在我母親身旁，第一次迸出淚來。我怕是讓這男孩過上了苦日子，因為他是個新手，我有上百次糾正他、數落他的機會，我也都沒放過。

過了一夜，第二天吃過午飯，雷德路斯和我又上路了。我告別了母親，還有我從出生起就住在那裡的小海灣，還有親愛的本葆將軍旅店——不過它重新上漆以後就沒那麼親切了。我腦裡最後閃過的人是船長，他曾常常在海邊大步走著，帶著他的三角帽、一張疤臉和黃銅望遠鏡。不一會兒，我們轉過彎角，我家就看不見了。

黃昏時分，郵車在喬治國王旅店前的荒地上等著我們。我擠在雷德路斯和一位大塊頭老紳士當中，儘管車晃得厲害、夜晚空氣寒冷，我還是一上車就開始打瞌睡，接著就睡得像根木頭一樣，任憑郵車上坡下谷，經過一站又一站。最後我肋骨被撞了一下醒來，睜開眼睛發現我們停在城裡街上一幢大建築物前，而天已大亮了。

「我們到哪啦？」我問。

「布里斯托，」湯姆說，「下車。」

崔勞尼先生下榻在遠處碼頭那邊的一間旅店，方便監管船上的工作。我們只能走過去，一路上見到碼頭裡停泊著各式各樣大大小小的各國船隻，我開心極了。在一條船上，水手們邊工作邊唱歌，另一條船上，有人在我頭頂上方的高空中，吊著他們的繩索看起來不比蜘蛛絲粗。雖然我從小生長在海邊，但我好像從來沒這麼靠近過大海。柏油和鹽的味道讓我覺得很新鮮。我見到那些最精美和奇異的船首雕像，它們都曾去過遠洋。我還看到許多老水手，戴著耳環，留著鬈曲的絡腮鬍，編著的辮子上塗著柏油，他們架著膀子搖搖擺擺地走著水手步，即使我看見同樣那麼多國王和主教也不會比這更高興的了。

我要去海上啦，坐一艘縱帆船，上面有個會吹哨令的水手長，還有唱著歌編著辮子的水手們，去海上，向一個無人知曉的島嶼航行，去尋找埋藏著的財寶！

正當我做著美夢時，我們就突然到了一家大旅店門前，遇到了地主崔勞尼，他整個打扮得像個海軍軍官，穿著件筆挺的藍色外套，從大門走出來，面帶微笑，還模仿著水手的步伐。

「你們來啦，」他大聲說，「醫生昨晚從倫敦來了。太好啦！一船人都到齊了！」

「哦，先生，」我大聲說，「我們什麼時候出海？」

「出海！」他說，「我們明天就出海！」

08

「望遠鏡」酒館招牌

吃過早飯，地主給我一張便條要我交給約翰．希爾佛，就在「望遠鏡」酒館招牌那裡，他跟我說那裡很好找，只要順著碼頭走，看到一家用巨大的黃銅望遠鏡作招牌的小酒館就是了。我出門去，很高興又有機會看更多船和水手了，此時是一天中碼頭最繁忙的時候，我在大群的人、大車和貨包堆中穿梭，最後找到了那家酒館。

那是個小巧明亮、供人消遣的地方。招牌是新塗的，窗戶掛有乾淨的紅色窗簾，地板經過拋光打磨，兩邊各朝著一條馬路開著一扇門，所以儘管裡頭煙霧騰騰，從外往裡看這寬敞低矮的空間還是能看得很清楚。

顧客大多數是水手，他們說話的嗓門那麼大，嚇得我都不敢進去。

我正遲疑，一個人從旁邊的房間出來，我一看就覺得他肯定是高腳約翰。他的左腿齊根斷了，左肩下夾著一根枴杖，他用得靈活自如，拄著它跳來跳去像隻鳥一樣。他很高大，臉像火腿那麼大——又平又蒼白，但是樣子很聰明，笑迷迷的。他看起來真心快活，在桌子之間轉來轉去的時候吹著口哨，和熟客有說有笑、拍拍肩膀。

跟你說句實話，從一開始地主崔勞尼在信裡提到高腳約翰起，我心裡就有點怕他結果會是那個我在本葆將軍旅店守候多時的獨腳水手。但我看到這個人就打消了顧慮。我見過船長、黑狗和那個瞎子皮尤，我覺得我已經挺知道海盜是什麼樣的了——在我看來，這個乾淨和藹的店主跟他們完全不是一類人。

我鼓起勇氣跨進門，逕自朝他走去，他正拄著枴杖和一個客人說話。

「是希爾佛先生嗎？」我遞過便條問。

「是呀，老弟，」他說，「是我。你是誰呀？」等他看了地主的信，看著我露出了完全不一樣的表情。

「噢！」他很大聲地說著，伸出了手，「我知道了，你是我們的新服務生，見到你很高興。」

他用他的大手堅定地握住了我的手。

這時，一個遠遠坐在一旁的客人突然起身朝門外走，門就在他旁邊，他轉眼就出去了。但他的匆忙引起我的注意，我一眼就認出他來，他就是當初到本葆將軍旅店來的那個缺兩根手指的蠟黃臉男人。

「喔！」我大叫起來，「攔住他！他是黑狗！」

「我不管他是誰，」希爾佛喊道，「但他還沒付帳呢。哈利，去把他抓回來。」

門口的一個人一躍而起追了出去。

「就算他是霍克將軍也要付錢啊，」希爾佛大聲說，然後鬆開我的手，「你剛才說他是誰？」他問，「黑什麼？」

「黑狗，先生，」我說，「崔勞尼先生沒跟您說過那些海盜的事嗎？他就是他們當中的一個。」

「這樣啊，」希爾佛大聲說，「在我店裡！班，快去幫哈利追。他是那幫混蛋裡的一個？你和他喝過酒吧，摩根？過來。」

那個叫摩根的人——一個上了年紀的、灰白頭髮、紅褐色臉的水手——乖乖走了過來，嘴裡嚼著菸草。

「哎，摩根，」高腳約翰很嚴厲地說，「你以前有沒有見過那個黑什麼來著——黑狗？」

「沒見過，先生。」摩根恭恭敬敬地說。

「你不知道他叫什麼嗎？」

「不知道，先生。」

「老天保佑，湯姆．摩根，算你走運！」店主叫道，「你要是和那種人混在一起過，你就別踏進我的店啦，走著瞧吧。剛才他跟你說了什麼？」

「我記不清了，先生。」摩根回答說。

「你肩膀上長的是腦袋還是一具三孔滑輪？」高腳約翰大聲說，「記不清了，記不清了！

你大概也弄不清你跟誰說了話，是不是？好好想想，他嘮叨些什麼——航海、船長、船？快說，是什麼？」

「我們在說拖龍骨的事。」摩根答道。

「拖龍骨，是嗎？真該讓你們試試，走著瞧吧。滾回去吧，笨蛋湯姆。」

摩根搖搖晃晃回去以後，希爾佛湊近我討好地悄聲說：「湯姆．摩根，他是個老實人，就是傻。那麼，」他又提高了嗓門，「讓我想想——黑狗？沒有，我沒聽說過這個名字，沒聽說過。不過我覺得我——對，我見過這個混蛋。他和一個瞎子乞丐來過這裡幾次，他來過。」

「那就是他，絕對是，」我說，「那個瞎子我也知道，他叫皮尤。」

「對！」希爾佛興奮地大叫起來，「皮尤！他是叫這個沒錯。啊，他真是看上去就像是個坑蒙拐騙的！如果這次我們抓到黑狗，就能告訴崔勞尼老大啦！班跑得可快了，沒什麼水手能跑得比他快。他肯定能追上他的，跑不了，老天保佑！他剛剛不是在說拖龍骨嗎？我就讓他拖拖試試！」

他拄著枴杖在店裡跳來跳去，用手拍著桌子，連珠炮似的說著那些話，表現得那麼興奮，連老貝利的法官和弓街警察都會相信他。發現黑狗在望遠鏡酒館時，我的疑心又徹底重新冒了出來，仔細觀察他的一舉一動，但他城府太深、反應太快、太狡猾，我根本不是對手。不一會兒，兩個去追黑狗的人氣喘吁吁地回來，說他們在人群中把人追丟了，還被當小偷罵，這一刻我已經對高腳約翰的清白深信不疑。

「你看，這下，霍金斯，」他說，「這下我倒大楣了，對不對？如果崔勞尼老大知道了，他會怎麼想？我竟然讓這個該死的王八蛋坐在我的店裡，喝我的蘭姆酒！你來告訴了我，我又眼睜睜讓他溜了！霍金斯，你要替我在船長面前主持公道，你年紀輕輕，但聰明得很，你一進門我就看出來了。你看，我拄著這根老木棍，我能做什麼呢？要是我在海軍裡的時候我就能追到他，跑不了，一眨眼的工夫我就能把他攥在手心裡。可是現在——」

說到這裡，他突然停下來，張大嘴，好像想起了什麼。

「錢！」他大叫道，「三杯蘭姆酒錢！真見鬼，我怎麼忘了啊！」

他倒在一條長凳上，笑得眼淚都流下來。我也忍不住笑了。我們一起大笑，一陣一陣，響徹酒館。

「哎，我真是個老糊塗！」最後他抹了抹自己的臉說，「你和我會合得來的，霍金斯，我覺得我也就只夠格當個船上的服務生。現在，我們該走了。該怎麼就怎麼，好兄弟。讓我來戴上我的老廚師帽子，跟你一起去見崔勞尼老大，告訴他這件事。說真的，這是件要緊事，霍金斯老弟。我們在這件事裡都不怎麼樣，我傻得可以，你也不聰明，我們傻在一塊了。但是該死！我連錢都沒追回來。」

說完他又開始大笑，笑得那麼由衷，以至於雖然我沒看出哪裡好笑，我還是跟著一起笑。

我們沿著碼頭走的這段路上，他真是個最有意思的夥伴，給我講一路上看到的各種船的性能、噸位、國籍，解釋它們正在進行的工作——有艘船正在卸貨，另一艘正在裝船，還有一艘要準備出海了，還跟我說了很多船和水手的趣聞軼事，或是反覆教我一個航海用語，直到我真的學會它。我開始覺得他是個再好不過的同伴。

我們到旅店的時候，地主和利夫西醫生正坐在一起喝濃啤酒、吃烤麵包，吃完就要去縱帆船上檢查一下。

高腳約翰把事情從頭到尾講了一遍，說得又投入又實誠。「當時是這樣的吧，霍金斯？」他不時停下來問，我都說是。

兩位先生對黑狗逃走感到很遺憾，但是我們都覺得也沒辦法，高腳約翰受到表揚，然後就帶著他的枴杖走了。

「所有人今天下午四點到船上集合。」地主對他喊說。

「噯，噯，先生。」廚師在走廊裡大聲回應說。

「好吧，崔勞尼先生，」利夫西醫生說，「我對你找的人不是很信得過，總的來說，不過這個約翰．希爾佛我覺得挺好的。」

「這人真的不錯。」地主說。

「現在，」醫生說，「吉姆可以和我們一起上船了吧？」

「當然可以啊，」地主說，「拿好你的帽子，霍金斯，我們一起到船上去。」

09

彈藥和武器

「伊斯帕尼奧拉」號停得離岸有點遠，我們的小船在許多其他船的船首雕像和船尾之間穿過，它們的纜繩有時從我們船底擦過，有時在我們上方晃悠。最後我們終於到了我們的船旁邊，上船的時候碰到了大副，他跟我們打招呼。大副亞洛先生是個棕色皮膚的老水手，戴著耳環，長著一雙細眼睛。他和地主關係很好，但我很快發現崔勞尼先生和船長卻沒那麼融洽。

船長一臉嚴肅，他似乎對船上的一切都不滿意，並很想馬上告訴我們他哪裡不滿意，所以我們一進船艙就有一個水手跟了進來。

「史莫列特船長想和您談談。」他說。

「我隨時恭候船長呀，請他進來。」地主說。

船長就跟在傳話的人後面，他馬上走了進來，在身後關上了門。

「那，史莫列特船長，有什麼事?希望一切順利，都好了，可以出海了吧？」

「是這樣，先生，」船長說，「我覺得我最好還是把話直說，哪怕惹您不高興，我不喜歡這次航行，我不喜歡這些人，我不喜歡我的大副。我要說的就這個。」

「大概你也不喜歡這艘船吧？」地主問，我看得出他很生氣。

「我不能這麼說，我還沒開過它，」船長說，「它看起來很不錯，我只能這麼說。」

「也許你也不喜歡你的雇主吧？」地主說。

這時利夫西醫生插話了。

「等一下，」他說，「等一下。別這樣問，傷感情。船長可能還有該說的話沒說，我想讓他解釋一下他的話。你說你不喜歡這次航行，為什麼呢？」

「這位先生雇我來開船，去什麼地方沒告訴我，」船長說，「這本來也沒什麼，但是我發現船上的每個人都知道得比我多，我覺得這不公平，你說呢？」

「嗯，」利夫西醫生說，「我也覺得不公平。」

「還有，」船長說，「我發現我們是去尋寶的——是從我手下的人那裡聽到的，請注意。這事，尋寶是個棘手的事，不管怎麼說，我不喜歡跑尋寶的船，我更不喜歡的是，尋寶這事是保密的，可是這祕密連鸚鵡都知道了。」

「希爾佛的鸚鵡？」地主問。

「這只是一種說法。」船長說。「已經洩密了，我是說。我覺得你們兩位先生都不知道你們面臨的是什麼狀況，但讓我來告訴你們的話，就是生死一線間了。」

「這次航行危險，我們知道，」利夫西醫生說，「我們決定去冒險。不過，我們也不像你想的那麼無知。還有你說你不喜歡那些船員，難道他們不是好水手嗎？」

「我不喜歡他們，先生。」史莫列特船長說。「如果你要說這件事的話，我覺得應該讓我來選一下我手下的人。」

「也許是該讓你選一下，」醫生說，「我朋友也許是該和你一起去選人。這是個小疏忽——如果算的話——也不是故意的。還有，你也不喜歡亞洛先生嗎？」

「不喜歡，先生。我相信他是個好水手，但他對水手們太鬆了，不是個好長官。一個大副應該有個大副的樣子——不能在船上和他們一起喝酒！」

「你是說他酗酒嗎？」地主問。

「不是的，先生，」船長回答，「只是說他太隨便了。」

「好吧，長話短說吧，船長，」醫生說，「你想怎麼樣呢？」

「好吧，先生們，你們是下定決心要出這趟海嗎？」

「鐵了心了。」地主說。

「那好，」船長說，「既然你們已經耐心聽我說了些沒根沒據的事，就再聽我說兩句吧。他們現在把彈藥和武器放在前艙。在你們住的客艙下面有地方可以放，為什麼不放在那裡？這是其一。還有，你們帶了四個你們自己的人，他們跟我說他們有的人被安排睡在前面。為什麼不讓他們睡在你們房間旁邊呢？這是第二點。」

「還有嗎？」崔勞尼先生問。

「還有一個，」船長說，「知道要去尋寶的人已經太多了。」

「確實是太多了。」醫生同意說。

「我告訴你們我聽說了什麼，」史莫列特船長說，「你們有一張島的地圖，上面有幾個十字標著藏寶地點，這個島在——」接著他說出了準確的經緯度。

「我從來沒說出去過，」地主大叫道，「對誰都沒有！」

「船上的人都知道，先生。」船長說。

「利夫西，肯定是你或者霍金斯。」地主大聲說。

「是誰說的已經不重要了。」醫生回答說。我看得出他和船長都不太理會崔勞尼先生的抗辯。我也覺得沒什麼好爭的。固然，他是個大嘴巴，不過這回我還是相信他說的是真的，我們誰也沒把島的位置說出去過。

「好了，先生們，」船長說，「我不知道地圖在誰那裡，但是我要聲明，不能讓包括我和亞洛先生在內的任何人看到它。不然我就要請你們讓我辭職了。」

「我明白了，」醫生說，「你希望我們嚴守祕密，並做好對船尾部分的防守，用我朋友自己的人把守，把船上的武器和彈藥都搬到後面來。換句話說，你擔心叛變。」

「先生，」史莫列特船長說，「無意冒犯，我沒有這麼說，我不希望你把我沒說過的話算在我頭上。先生，如果一個船長確信會叛變，他就肯定不會出海了。亞洛先生，我相信他是個很正直的人，還有幾個人也是，說不定其他人也都是老實人。但我要對船的安全和船上每個人的生命負責。我覺得有些事情苗頭不太對，因此我請求你們做些防範，不然我只能捲舖蓋走人。我說完了。」

「史莫列特船長，」醫生微笑著說，「你聽說過山和老鼠的寓言嗎？我想你會原諒我的，你讓我想到了那個寓言。我敢打賭你還做了更多的打算吧。」

「醫生，」船長說，「你真聰明，我來的時候已經準備不幹了。我沒指望崔勞尼先生能聽進去一個字。」

「是聽不下去，」地主說，「要不是利夫西在這裡我早就叫你滾蛋。現在就算我聽了，我會照你的話辦，但我覺得你這個人真夠刻薄的。」

「那隨你高興，先生，」船長說，「你會發現我是在盡我的責任。」

說完他就走了。

「崔勞尼，」醫生說，「沒想到，你招到了兩個正直的人上船——這個人和約翰·希爾佛。」

「希爾佛，你說是就是吧，」地主喊，「但那個讓人受不了的鬼話連篇的傢伙，我只想說我覺得他太沒種，不是好漢，更完全沒英國派頭。」

「好吧，」醫生說，「那我們以後再觀察吧。」

我們走上甲板，水手們已經在搬運武器和彈藥，邊搬邊喊著號子，船長和亞洛先生在一旁盯著。

這次重新安排甚合我意。整艘船做了一次大調動，六個鋪位從主艙後部往船尾移了，這組船艙只由靠左舷一條門上了的通道與廚房和前甲板相連，那六個鋪位本來是給船長、亞洛先生、杭特、喬伊斯、醫生和地主的，現在其中兩個給雷德路斯和我了，亞洛先生和船長則睡到甲板上的升降口室裡去，那裡兩邊都擴大過了，你簡直可以把那裡稱作一個船尾屋，它當然還是很低矮，但是足夠放兩張吊床。連大副看起來都對這個安排很滿意，也許連他也對船上的人不放心，這也只是猜測，不過接下來你會看到，他的戒心幫了我們的忙。

我們都在賣力做事，搬彈藥和鋪位，最後一兩個水手和高腳約翰乘著小船來了。約翰像猴子一樣敏捷地爬上大船，見狀就問：「嘿！哥們！這是在做什麼？」

「我們在搬彈藥，老兄。」一個人回答說。

「為什麼，老天，」高腳約翰喊，「要這麼做我們就趕不上早潮啦！」

「是我說的！」船長簡短地說，「你可以下去了，夥計，大家還等著吃晚飯。」

「噯，噯，先生，」廚師應答著，手觸額髮行了個禮，立刻消失去了他的廚房。

「這個人不錯，船長。」醫生說。

「好像是吧，先生，」史莫列特船長回答說，「小心點，你們——小心，」他對搬彈藥的人喊，然後又忽然發現我正在試我們放在船中部的一門黃銅鑄長管旋轉炮——「嘿，你，服務生，」他喊，「別動它！下去廚房找點事做。」

我趕緊跑開，聽見他頗大聲地對醫生說：

「我的船上不特別禮遇誰。」

說真的，我也認同起地主來，而且挺討厭這位船長的。

10

航行

我們忙了整整一晚上才把東西都搬放好，還有一船地主的朋友，像布蘭德利什麼的，來祝他一路順風、平安歸來。我在本葆將軍旅店的時候，晚上的工作還沒有這一半多，到天將破曉時，我已經累得不成樣，水手長吹響了哨令，水手們站到了絞盤把手前。我又累又睏，但我還是不想離開甲板，一切對我來說都那麼新鮮有趣——簡潔的指令、尖銳的哨訊、在朦朧的船上燈光裡各自忙碌的水手們。

「喂，『烤肉佬』，給我們來首歌。」一個喊聲。

「來首老的。」另一個人喊。

「噯噯，兄弟們，」拄著枴杖站在一邊的高腳約翰說著，就放聲唱了起來，而那歌詞我再熟悉不過了：

十五個人搶死人箱——

接著所有船員一起唱起道：

唷呵呵，來瓶蘭姆酒！

他們唱到第三個「呵！」就一起用力轉動絞盤。

即使在這樣激動人心的時刻，那首歌還是一下子將我帶回到老本葆將軍旅店，我彷彿聽見船長也在合唱中尖聲唱著。很快，錨露出水來，掛在了船頭，滴著水，接著帆張了起來，陸地和別的船從兩邊向後退去。「伊斯帕尼奧拉」號開啟了前往金銀島的航程，爾後我去躺著睡了一小時。

我不想講述這次航行的細節。事情相當順利。這艘船確實是艘好船，船員們都是能幹的水手，船長盡責盡職。但在我們到達金銀島之前，發生了兩三件事需要提一下。

首先，亞洛先生，表現得比船長擔心的還要糟。他完全指揮不動人，他們在他面前為所欲為。但這還不是最糟的，在出海一兩天以後，他開始醉眼惺忪、滿臉通紅、舌頭打著結地出現在甲板上，醉態百出。他三番二次被命令滾回船艙下面，丟光了面子。有時他會摔倒、弄傷皮肉，有時他在升降口室的一邊、在鋪位上躺上一整天，也有一兩天他是清醒的，做他自己的工作，還算過得去。

與此同時，我們沒弄明白他是從哪裡弄到的酒。這是船上的一個謎。我們隨時都看著他，卻無從找到答案。我們當面問他時，如果他喝醉了就只是哈哈大笑，如果他是清醒著的，便嚴肅地聲稱他除了水什麼東西也沒喝過。

他不只是作為一個長官毫無用處，還對周圍的人產生了壞影響，不過很明顯他這樣下去完全是自尋死路。所以，在一個風大浪高的黑夜裡，他消失得無影無蹤，再也不見了，也沒有人吃驚，沒有人難過。

「掉海裡去啦！」船長說，「好吧，先生們，也省得把他鎖起來了。」

但是這樣一來我們就少了一個大副，而大副又是一定要有的，於是就在船員裡面再選一個。水手長約伯·安德森是最佳人選，雖然他保留了原來的頭銜，但他兼管大副的工作。崔勞尼先生曾經出過海，也有很多有用的航海知識，天候好的時候他常常親自擔任瞭望工作。舵手伊斯瑞爾·漢茲是個仔細、精明、年長而富有經驗的水手，關鍵時刻幾乎任何事都可以託付給他。

他和高腳約翰·希爾佛很要好。說到希爾佛，我想說說我們船上這位廚師，「烤肉佬」——別人都這麼叫他。

到了船上以後，他用一根繩把枴杖套在脖子上，兩隻手就都能空出來了。有時能看見他把枴杖腿卡進艙壁裡，枴杖撐著身體，任憑船搖來晃去，他都像在穩穩當當的陸地上一樣做著飯。更讓人驚異的是看他在狂風大浪時如何穿過甲板。他靠一根繩或是兩條活繩結來通過最空曠的區域——他們管那叫「高腳約翰的耳環」，他能把他自己從一個地方弄到另一個地方，有時靠枴杖，有時把它用繩子掛著，速度之快不輸給用雙腿行走的人。然而，有幾個以前跟他一起出海過的人都惋惜他已不如從前。

「『烤肉佬』不是一般人，」舵手對我說，「他小時候上過好學校，說話有思想，像書一樣。又勇敢——和高腳約翰相比，獅子都不算什麼！我看見過他一個人打四個，把他們的腦袋撞在一起——他可是徒手呢。」

所有船員都尊敬他，甚至服從他。他對每個人都有一套方法，對每個人都有貼心之舉。他對我充滿耐心、十分友善，在廚房見到我總是很高興。他把廚房收拾得乾乾淨淨，把碗碟擦得鋥亮豎放著，在角落裡用籠子養著一隻鸚鵡。

「來呀，霍金斯，」他會說，「來和約翰聊聊天。我最喜歡和你聊天了，孩子。坐下聽聽新鮮事。這是佛林特船長——我給鸚鵡取這個著名大海盜的名字——這位佛林特船長預言說我們這次航行會成功。是不是啊，船長？」

鸚鵡就很急切地說：「西班牙銀元！西班牙銀元！西班牙銀元！」直到你奇怪牠怎麼還沒喘不過氣來，或是約翰把他的手帕丟到籠子上去。

「跟你說，這隻鳥，」他會說，「有，大概，兩百歲了，霍金斯——牠們簡直可以一直活下去。如果還有什麼人見到過的罪惡比牠還多，那就肯定只能是魔鬼本人了。牠曾經和英格蘭——大船長英格蘭——那個海盜——一起航海。牠去過馬達加斯加、巴拉巴爾、蘇利南、普羅維登斯和波托貝洛。牠見過打撈沉船，在那裡牠學會了『西班牙銀元』，也不奇怪，那次撈了三十五萬枚那種西班牙銀幣呢，霍金斯！『印度總督』號在果阿港附近被攻擊時，牠也在，你看牠會覺得牠只是隻小鳥。你可是身經百戰——對不對，船長？」

「準備轉向。」鸚鵡叫道。

「噯，牠真是聰明啊。」廚師說，從口袋裡掏出糖給牠，然後鸚鵡會啄著籠柵不停地叫罵，罵的都是你想也想不到的髒話。約翰會說：「這叫近墨者黑，老弟。我這可憐無知的小笨鳥罵人的功夫爐火純青，無人能及，瞧著吧。不妨說，牠當著牧師的面也會照這樣罵的。」說到牧師約翰會莊嚴地碰碰他的額髮行個禮，那讓我覺得他是世界上最好的人。

這段時間，崔勞尼先生和史莫列特船長的關係還是非常疏遠。地主毫不掩飾那件事：他瞧不起船長。船長不說什麼，但如果他開口，就尖酸刻薄、簡短、生硬，一個多餘的字也不說。當他被逼問時，他也承認之前對船員們的看法有失偏頗，有些人像他想要的那麼做事俐落，所有人表現都很好。至於這艘船，他對它喜歡得一點也不含糊。「它在風裡比老婆還要乖巧貼心。不過，」他還要補上一句，「我還是要說，我們還沒回到家，我不喜歡這次航行。」

地主聽到這話就掉頭走開，揚著下巴在甲板上來回踱步。

「這個人要是再這麼小家敗氣，」他說，「我就要發火了。」

我們遇到過一些惡劣的天氣，卻只證明了「伊斯帕尼奧拉」號的性能優良。船上的每個人，要不是這樣，他們就未免太挑剔了，我相信自從諾亞出海以來，從來沒有一艘船上的人像我們一樣過得安逸。隨便找個理由就能喝雙倍的酒，隔三五天就能吃到布丁，比如地主聽說那天是任何一個人的生日。永遠有一桶蘋果放在那裡，桶上開著洞，所有人都可以想吃就吃。

「我從來沒見過像這麼做會有什麼好結果，」船長對利夫西醫生說，「寵水手等於養魔鬼，我是相信這個的。」

但是你們後來會發現，蘋果桶立了功，要是沒有蘋果桶，我們就得不到預警的消息，可能全要被叛徒們殺害了。

事情是這樣的：

我們先是乘著北面吹來的信風，現在信風轉向南面而來——我不能再說得更細了——日夜兼程。那天應該是我們航程的最後一天，最保守地估計，那天夜裡，最晚第二天中午，我們就要見到金銀島了。我們朝著西南偏南方向行駛，穩定的微風吹著船身正面，海面波平浪靜。「伊斯帕尼奧拉」號穩穩地向前推進著，船首斜桅不時被翻捲的浪花打濕。上上下下的帆都鼓滿了風，所有人都精神飽滿，因為我們此時已如此接近我們冒險的第一程終點。

日落以後，我做完了我所有的工作，正要去躺一會兒，忽然想吃顆蘋果。我跑上甲板。瞭望的人都朝前看著期待島的出現。掌舵的人正看風使著舵，一邊輕輕地吹著口哨，這是除了海水擦著船頭和船身的唰唰聲以外，周圍唯一的聲響。

我爬進蘋果桶，發現裡面幾乎是空的。我坐在那裡，黑漆漆的，又伴隨著陣陣海浪聲和船的起伏，睡意襲來，或者說就是正要睡著了。這時一個大個子撲通一聲坐下來，肩膀靠在桶上，撞得桶一晃。我剛要跳出去，那個人開口了，是希爾佛的聲音，我聽不到兩句話以後就無論如何也不想出去了。我待在那裡，懷著極大的恐懼和好奇，顫抖著傾聽。聽頭兩句話我就明白了船上所有好人的性命都繫於我一人之身。

11

在蘋果桶裡聽到的事

「不，不是我，」希爾佛說，「佛林特是船長，我只管掌舵，因為我少條腿。在同一次側舷被炮轟的時候我丟了我的腿，老皮尤丟了眼睛。那是個厲害的外科醫生，他給我截的肢——什麼大學畢業的，一肚子拉丁文，還有別的什麼，但他像條狗一樣被吊死了，像其他人一樣，在太陽底下烤乾，在科爾索要塞。他們是羅伯特的人，嗯，因為老是給他們的船改名字，所以倒了楣——一會兒叫『皇家福』一會兒又叫別的什麼。要我說，一條船起了名字以後，就應該一直用那個名字。『卡珊多拉』號就是那樣，所以在英格蘭打下『印度總督』號以後，能把我們全部從馬拉巴爾平安帶回家。還有老『海象』號，佛林特的老船，我那時看見它沾滿鮮紅的血，裝滿了金子，都快被壓沉了。」

「啊！」另一個人讚歎說，那是船上最年輕的一個水手，「他真是百獸之王，佛林特！」

「大衛也是號人物，不管怎麼說，」希爾佛說，「我沒跟他一起出過海，先是跟著英格蘭，然後是佛林特，這是我的經歷。現在我可以說是自立門戶了。跟著英格蘭的時候我存了九百英鎊，跟著佛林特又攢了兩千英鎊。一個水手能存這麼多錢很不錯了——全都安全地放在銀行裡。那些錢不是賺來的，是省出來的。現在英格蘭的人都到哪裡去了？我不知道。佛林特的人呢？看，大部分都在這條船上，能吃吃布丁已經很開心了——因為之前他們當中的有些人還在要飯呢。老皮尤，瞎了眼的那個，也許該羞愧死了，他一年花掉了一千兩百英鎊，過得像個國會裡的爵爺。他現在在哪裡呢？好吧，死了，到陰間去了。死之前兩年，嚇死我了！他都吃不上一頓飯！他要飯、偷東西、殺人，還是吃不飽，老天保佑！」

「好吧，做這行總歸沒什麼好結果。」年輕的水手說。

「對傻瓜來說是沒什麼好結果，等著瞧吧。他們做別的也一樣，」希爾佛說，「可是現在，你看，你年紀輕輕，但聰明得很。我一看到你就發現了。所以我要來認真跟你說說。」

你能想像當我聽到這該死的老惡棍用曾經對我說過的一模一樣的話，來吹捧別人的時候，我是什麼感覺。我覺得，我要是可以的話，就會穿過桶把他殺了。這時他又繼續說下去，完全沒料到有人在偷聽。

「這就是冒險家的生活。他們活得狂放，在刀口上舔血，但他們像鬥雞那樣大吃大喝，每次從海上回來，之前叮噹響的口袋裡就會裝著幾百鎊。然後他們就去喝酒、好好放縱一下，接著又兩手空空地出海。但我不這麼做。我把錢都存起來，這裡存一點，那裡存一點，每個地方都不是很多，因為我小心。我五十歲了，告訴你，這次出海回來，我就認真當個紳士。日子還長著呢，你會說。啊，但我那段時間過得也不錯，沒有什麼很想卻沒辦法的事，每天睡得甜、吃得香，不過在海上的時候不行。你問我是怎麼起家的？當水手，就像你這樣！」

「好吧，」年輕人說，「但你其他的錢就沒了吧？這次以後你就不敢再在布里斯托露面了吧。」

「為什麼呀？你覺得我把錢放哪裡了呀？」希爾佛嘲諷地說。

「在布里斯托，銀行和別的地方吧。」年輕人答道。

「本來是的，」廚師說，「我們起錨的時候是在那裡。但現在我老婆已經把錢全拿走了。望遠鏡酒館賣了，租房契約、招牌和所有家當都賣了。我女人離開布里斯托去別的地方等我了。我也可以告訴你在哪裡的，因為我相信你，但是我怕引起別人妒忌。」

「你相信你老婆嗎？」年輕人問。

「冒險家，」廚師回答說，「大家彼此都不大相信，也可以說是有道理的，走著瞧吧。但是我有我的辦法。要是有什麼人給我玩花樣——我是說跟我熟的人——那這個世界上有老約翰就沒他。以前有的人怕皮尤，有的人怕佛林特，但佛林特他怕我。他既怕我，又以我為驕傲。那是船上最不好對付的一群人，佛林特手底下那些，魔鬼都怕跟他們一起出海。現在我跟你說，我不是個自誇的人，你也看見我跟大家相處多好，可我以前掌舵的時候，佛林特的那幫老海盜在我面前比綿羊還服帖。你跟著我沒錯的。」

「好吧，我老實說，」年輕人說，「我之前一點也不想做，不過聽了你說這些我覺得好吧，約翰，我跟你做吧。」

「你這小夥子有種，又聰明，」希爾佛和他熱烈地握手，搖得桶都晃了，「而且冒險家裡我還沒見過像你這麼年輕出色的呢。」

這時候我剛剛聽明白他們的黑話，所謂「冒險家」，分明也不是別的什麼，就是普通海盜。我偷聽到的這一齣是希爾佛腐化老實船員的最後一次表演——說不定也是船上最後一個老實的船員。不過，在這一點上我很快得到了一點安慰，因為希爾佛輕輕吹了一聲口哨，又有一個人晃過來跟他們坐在一起。

「迪克想通了。」希爾佛說。

「哦，我知道迪克會想通的，」回答的聲音是舵手伊斯瑞爾．漢茲，「他不傻。迪克，不是嗎？」他嚼了嚼菸然後吐了一口唾沫，「我有件事想問你，『烤肉佬』：我們這樣像該死的小舢板一樣慢慢吞吞還要多久？我受不了史莫列特船長了，他欺負我夠了，這個挨雷劈的！我要到他們船艙去，我要去，我想吃他們的泡菜和酒，還有別的。」

「伊斯瑞爾，」希爾佛說，「你不動動腦，老是這樣，不過你還能說得聽，我覺得，至少你耳朵是夠大的。現在我跟你說：你還是得住前頭，過苦日子，低聲下氣說話，少喝酒，直到我發話。耐心等著吧，乖孩子。」

「好吧，我沒說不聽話，是吧？」舵手嘟噥著說，「我是說要等到什麼時候？我是那個意思。」

「什麼時候！老天保佑！」希爾佛叫起來，「好嘛，如果你想知道，我就告訴你什麼時候。我能拖到什麼時候就什麼時候。現在我們有一流的船員——史莫列特船長為我們開船，有地主和醫生拿著地圖——我又不知道寶藏在哪裡，對不對？你也不知道，是吧。所以，我的意思是讓地主和醫生找到東西，然後幫我們搬上船，老天保佑。然後我們再看。如果你們這群小王八蛋不出什麼亂子，我想在我動手以前讓史莫列特船長把我們帶到回程一半的地方。」

「為什麼呀？我想我們在船上的人都出過海呀。」小夥子迪克說。

「你說的是我們都被人帶出過海吧，」希爾佛不耐煩地冷哼道，「我們能沿著航線開，可是誰能定航線？那就會是你們這幫大爺觸礁的地方，反正照我的想法，至少要讓史莫列特船長幫我們把船開回到有信風的地方，那樣我們才不會算錯航向，弄到每天只能喝一口淡水的地步。但我知道你們這幫人的德性，等東西一搬上船我就在島上解決他們，真可惜。你們不喝飽老酒就不高興。我打心眼裡覺得和你們這群飯桶一起出海真不舒服！」

「好啦，高腳約翰，」伊斯瑞爾喊，「誰惹你啦？」

「可不是，多少大船，你想想，我看見就那麼躺倒了，又有多少活蹦亂跳的小夥子在行刑碼頭被吊死烤乾？」希爾佛大聲說，「都是因為急急急。你聽到了嗎？海上的事我也見過不少，真的。如果你就沿著你的航線開，知道怎麼迎著風，你就能坐上四輪馬車，真的。可是你不行啊！我知道你，你可以明天喝飽蘭姆酒，然後去上絞刑臺。」

「每個人都知道你就像牧師一樣愛說教，約翰。但是也有人像你一樣擅長領導人的，」

伊斯瑞爾說，「他們愛找點樂子。他們不像你那麼高高在上，板著個臉，而是尋尋開心，每個人都開開心心。」

「所以呢？」希爾佛說，「好吧，他們現在在哪裡呢？皮尤就是你說的那種人，他死的時候是個要飯的。佛林特也是，結果他在薩凡納喝酒喝死了。啊，他們都是多好的夥伴啊，可不是嗎？只是，他們在哪裡呢？」

「不過，」迪克問，「到那邊以後，我們要怎麼處理他們？」

「這才是我的人！」廚師稱讚說，「這才是正事。那你怎麼想？把他們扔在那裡？那是英格蘭的做法。還是把他們像豬一樣宰了？佛林特和比利．伯恩斯會這麼做。」

「比利是那樣的人，」伊斯瑞爾說，「『死的人不咬人。』他說。現在他自己也是死人一個，他完全有親身體驗。如果說世界上有誰最心狠手辣，那就是比利。」

「你說得對，」希爾佛說，「心狠手辣，說殺就殺。但你看，我是個溫和的人——我簡直是個紳士，是吧？不過這次事情要緊。該怎麼就怎麼，老弟。我覺得還是要殺。等我進了國會，坐著我的四輪馬車，我可不想一個不留神這些待在客艙裡耍嘴皮子的傢伙們跑到我家裡來，簡直像魔鬼出現在正在祈禱的人面前一樣。我是說要等，但是時機來了，為什麼要放過！」

「約翰，」舵手叫道，「你厲害！」

「你到時候看到就會這麼說啦，伊斯瑞爾，」希爾佛說，「我只要求一件事——就是崔勞尼歸我。我想親手把他的狗頭從脖子上擰下來。迪克！」他忽然停下說，「你起來，乖孩子，給我拿顆蘋果潤潤嗓子。」

你可以想像我快嚇死了！如果我有力氣的話我應該跳出去跑掉，但是我的手腳和腦袋都不聽使喚。我聽見迪克開始站起來，然後有人阻止了他，是漢茲的聲音：

「哦，別了！別吃那底下的爛貨，約翰。我們來喝點酒吧。」

「迪克，」希爾佛說，「我信得過你。我有一個量杯放在一個小桶上，去看看。這是鑰匙，你倒一杯來。」

我這時嚇得要死，忍不住暗自想到亞洛先生就是從這裡得到酒喝而斷送了性命。

迪克剛走一會兒，伊斯瑞爾就趁他不在湊到廚師的耳邊說悄悄話。我只能聽見一兩個字，但我還是聽到了一點重要的資訊，因為除了一些意思差不多的隻言片語，我還聽到了一句完整的話：「他們不會再有人入夥了。」所以船上還有忠誠的人。

迪克回來以後，三人一個接一個舉杯喝起酒——一個說「祝我們好運氣」，另一個說「敬老佛林特」，希爾佛則唱著歌似的說：「敬我們，迎風行，發橫財，吃布丁。」

這時，一片光從我上方投進桶裡，我抬頭一看，月亮已經升起，把後桅杆頂上照得銀光閃閃，前帆前緣雪白明亮。幾乎在同時，瞭望哨高喊道：「看見陸地啦！」

12

軍事會議

甲板上響起一大堆急促的腳步聲，我能聽見大家紛紛從客艙和前艙跑出來，我立刻趁此溜出了蘋果桶，鑽到前帆後面，假裝我是從船尾出來的，又來到開闊的甲板上，及時遇見了杭特和利夫西醫生，就和他們一起往露天的船頭跑去。

全體船員都已經聚集在那裡。月亮升起來以後，一條帶狀的霧就馬上消失了。我們看見西南方有兩座小山，相距大約兩英里，其中一座後面還有一座更高的山，它的峰頂還埋在雲霧裡。三座山看起來都是尖尖的圓錐形。

我見到這一切，彷彿在夢中，因為我還沒從一兩分鐘前的驚恐中恢復過來。這時我聽見史莫列特船長的聲音下著命令。「伊斯帕尼奧拉」號本來與風偏著兩個羅經點航行，現在改沿靠島東部近的航線行駛。

「兄弟們，」船長說，此時所有帆腳索都已扣緊，「你們有人見過前面那片陸地嗎？」

「我見過，先生，」希爾佛說，「我以前在一條商船上當廚師的時候在那裡取過淡水。」

「能下錨的地方在南邊，一個小島後面吧？我想。」船長問。

「是的，先生，他們管它叫骷髏島，以前是海盜的一個重要據點。當時我們在船上的人都知道它們叫什麼。北邊那座小山他們叫它前桅山，三座山靠在一起往南排成一行——前桅、主桅和後桅，先生。而主桅山——就是那座大的，上面有雲的——他們通常叫它望遠鏡山，因為他們在下錨的地方清洗的時候總是派人在那裡瞭望。那裡就是他們洗船的地方，先生，不好意思我多嘴啦。」

「我這裡有張地圖，」史莫列特船長說，「你看看是不是這裡？」

高腳約翰接過地圖的時候眼珠子都在腦殼裡燃燒起來，但是那張紙看上去很新，我知道他只能失望了。那不是我在比利．伯恩斯的箱子裡找到的地圖，而是一份精確的複本，上面什麼東西都有——地名、高度、水深都有——唯獨沒有紅十字和附注。希爾佛心裡肯定惱火得要命，但他靠意志力掩飾得好好的。

「是的，先生，」他說，「就是這個地方，沒錯。這張圖畫得很準確。不知道是誰畫的？我覺得海盜太笨了，畫不出這麼好的圖。啊，這裡寫著：『吉德船長的錨地』，我以前船上的人就是這麼叫它的。那裡有一股激流從南邊過來，然後沿西岸往北流。船長，」他說，「你最好在這裡收帆，靠攏下風岸，如果你要進港整修的話，沒有比這片水域更好的地方了。」

「謝謝你，夥伴，」史莫列特船長說，「我以後還要請你幫忙的。你走吧。」

我很驚訝約翰會把他對這個島的瞭解就這麼直接說了出來還這麼冷靜，我看到他朝我走過來我還挺心慌的。當然，他不知道我在蘋果桶裡偷聽到了他開的小會，但此時我對他的殘忍、善於偽裝和力量已經感到恐懼，所以他把手搭在我臂膀上時，我不禁抖了一下。

「啊，」他說，「這是個好玩的地方，這座島——很適合小夥子們上岸去玩的。你可以洗澡、爬樹、打山羊，都行，你還可以像山羊一樣自己去爬那些山。簡直讓我都變年輕了。我都快忘了我那條斷腿了，真的。瞧著吧，年輕、四肢健全，真好啊。如果你想去逛逛，跟老約翰說一聲，會給你準備吃的帶在路上。」

他友好地拍拍我的肩，然後就一瘸一拐地往下面廚房去了。

史莫列特船長、地主和利夫西醫生在後甲板上說話，雖然我急著想告訴他們我聽到的事，也不好公然打斷他們。我正在思索著要找什麼理由，利夫西醫生叫我過去，他把他的菸斗忘在下面，他又離不了菸，想讓我去幫他取來。但當我走到足夠近說話而不會被別人聽到的時候，我突然說：「醫生，聽我說。請把船長和地主叫到下面客艙裡，然後找個理由叫我下去。我有可怕的消息要說。」

醫生神色稍變，但很快恢復了鎮定。

「謝謝，吉姆，」他大聲地說，「我就想知道這個。」就像他剛才問了我什麼似的。說完他轉身又去和那兩位說話。他們又說了一會兒，儘管他們沒有人跳起來，或提高嗓門，或唏噓一番，但很明顯利夫西醫生已經把我的話轉告他們了。緊接著我就聽見船長對約伯·安德森下命令，然後所有人都被哨令召到了甲板上。

「兄弟們，」史莫列特船長說，「我有幾句話想對你們說。我們看見的這片陸地就是我們這次航行要去的地方。我們都知道，崔勞尼先生是位相當慷慨的紳士，他剛才問了我幾句，我告訴他船裡上上下下所有的人都盡責盡力，好得不能再好，所以他和我和醫生要下去客艙裡為你們的健康和運氣喝一杯，也準備了點酒讓你們為我們的健康和運氣喝一杯。我告訴你們我怎麼想：我覺得地主做事爽快。如果你們也這麼想，就給這位大方的先生來個痛快的海味歡呼吧。」

跟著就是歡呼聲——那是理所當然的，不過他們歡呼得那麼全心全意，老實說我簡直不敢相信就是這些人打算要我們的命。

「再為史莫列特船長歡呼一次！」第一次歡呼平息之後，高腳約翰喊。

又是一陣熱烈的歡呼。

在歡呼聲最熱烈的時候，三位先生下去了，過了一會兒客艙裡傳話出來說讓霍金斯過去。

我見到他們三個人圍著桌子坐著，面前有一瓶西班牙紅酒和一些葡萄乾，醫生不停抽著菸，假髮已經脫下放在腿上，我知道那是他不安時的表現。因為這是個溫暖的夜晚，船後窗開著，你可以看見月光在船尾的水波上閃耀。

「好了，霍金斯，」地主說，「你有什麼事就說吧。」

我盡我的本事用最簡潔扼要的話把希爾佛的整個談話說了一下。我說的時候沒人打斷，甚至沒人動一動，他們只是從頭到尾盯著我的臉。

「吉姆，」利夫西醫生說，「你坐。」

他們讓我跟他們坐在一起，給我倒了一杯酒，往我手裡塞了滿滿一把葡萄乾，而且他們三個還一個接一個對我起身敬酒，祝我健康，稱讚我幸運又勇敢。

「好了，船長，」地主說，「你是對的，我錯了。我就是頭蠢驢。我聽你差遣。」

「我也不比驢好多少，先生，」船長說，「我從來沒聽說過有一幫船員謀反而事先不露痕跡的呢，長眼睛的人都能看出危險的苗頭，然後採取點措施。但是這幫人，」他說，「我就沒看出來。」

「船長，」醫生說，「允許我說一句，那個希爾佛，真是個厲害的人。」

「他要是吊在桅杆上看起來更厲害，先生。」船長說，「不過這只是說說，沒有什麼意義。我有幾點想法，如果崔勞尼先生允許我就說一說。」

「你是船長，先生，都聽你的。」崔勞尼先生鄭重地說。

「第一，」史莫列特先生說，「我們還是要繼續前進，因為不能掉頭回去，如果我說要回去，他們會立刻造反的。第二，我們還是有時間準備——至少在找到寶藏以前他們不會動手。第三，船上還有忠於我們的人。好了，先生，早晚要動手的，我的建議是，伺機而動，像俗話說的，等哪天合適，就出其不意，攻其不備。你從家裡帶來的人是可靠的吧？」

「像我一樣可靠。」地主肯定地說。

「三個，」船長數道，「我們有七個人，包括霍金斯。那麼，水手裡還有幾個誠實的人？」

「應該是崔勞尼找來的人吧，」醫生說，「他自己選的，在他遇到希爾佛之前。」

「也不見得，」崔勞尼說，「漢茲也是我選的。」

「我本來真的覺得漢茲信得過。」船長說。

「想想他們還全都是英國人呢！」地主憤然道，「我真恨不得把這船炸得稀巴爛。」

「好了，先生們，」船長說，「我也沒什麼好說的了。我們得不動聲色，同時睜大眼睛。這不容易，我知道。跳起來打一架會很痛快。但是在我們弄清楚誰是我們的人之前，這麼做一點好處也沒有。沉住氣，等機會再行動，這是我的看法。」

「吉姆，」醫生說，「他對我們最有用，他們在他面前無所顧忌，而且他又是個機警的孩子。」

「霍金斯，我對你寄予莫大的信任。」地主加上一句。

聽了這話我開始感到一陣惶恐，因為我覺得我完全沒什麼辦法，然而卻因為一連串奇怪的機遇，確實是因為我才保住了大家的平安。在這時候，我們說話間，二十六個人裡只有七個是我們可以信得過的，七個人裡還有一個是小孩，所以我們只有六個成年人要對付他們十九個人。

第三部

我在岸上的冒險

MY SHORE ADVENTURE

13

我在岸上的冒險是怎麼開始的

第二天早上我走上甲板時，島的樣子完全變了。儘管這時風已經完全停了，但我們的船還是在夜裡走了一大段路，此時正停在離平坦的東海岸最南端大約半英里的地方。灰色的樹林覆蓋了島的很大部分。誠然，這種均勻的色調也被低地上的帶狀黃沙和許多松杉科的大樹打破，它們或卓然獨立，或三五成群，比其他樹木高出許多。然而，總的色彩還是單調而慘澹，山頂光禿禿的岩石在樹林上方聳立著，全都是奇形怪狀。而望遠鏡山，那座三四百英尺高的島上最高峰，輪廓最奇特，它的每個坡面都很陡峭，然後在頂上突然削平了，就像一個用來安放雕像的底座。

「伊斯帕尼奧拉」號輕輕搖晃，海水湧動，淹沒過了排水孔。帆桁用力扯著滑車，船舵左右碰撞，砰砰作響，整個船嘎吱嘎吱響著，呻吟著，跳動著，像一間工廠。我緊緊抓著後拉索，只覺得眼前天旋地轉。雖然我在來的路上已經是個挺不錯的水手了，這時還是只能站在那裡像個瓶子似的轉，暈眩噁心，尤其是早上還空著肚。

也許是因為這個緣故，也可能是因為這個島的樣子——灰色陰鬱的樹木、岩石裸露的山頂，以及我們可以看見和聽見的，拍著陡岸的浪的泡沫與轟鳴——雖然陽光明亮而熾熱，海鳥在周圍鳴叫著捕魚，你會覺得任何人在海上度過了這麼長時間都會很樂意去陸地上走一走的，但我心事沉重，像俗話說的，心快沉到靴子裡去了。從第一眼起，我想到這個金銀島就感到厭憎。

我們早上有很多枯燥的工作要做，因為絲毫都沒有起風的跡象，我們就要把小船放下去，人坐上小船，用繩索把大船拖著走了三四英里繞過島角，穿過一條狹窄的通道進入骷髏島後面的港灣。我自告奮勇上了一條小船，但我其實沒有什麼事可做。天氣悶熱，水手們一邊工作一邊大發牢騷。安德森是我那條小船上的頭頭，他非但不管船員的秩序，還罵得最大聲。

「好吧，」他說著罵了句髒話，「也不會一直這樣下去。」

我覺得這是個很壞的徵兆，因為到那天為止，水手們做事還是很利索很情願的，不過一看見島他們的紀律就鬆散了。

在入港途中，高腳約翰一直站在舵手旁邊指揮著船。他對這條通道瞭若指掌，儘管測水的人用鐵鍊測量出來的每一處水深都比圖上標注的更深，可約翰一次也沒有遲疑。

「退潮的時候這裡水流很急，會帶下去一大片泥沙，」他說，「這條通道就是這樣被挖出來的，像用鏟子鏟的一樣。」

我們就在地圖上畫著錨的地方停好，距離兩岸各約三分之一英里，一邊是主島，一邊是骷髏島。水底是乾淨的沙。我們下錨的聲響驚起了成群的鳥，牠們在樹林上方盤旋鳴叫，然而不到一分鐘牠們又重新飛落下來，一切又歸於沉寂。

周圍全是密布樹林的陸地，樹木一直生長到漲潮時的水線，海灘地勢平坦，幾座山峰環立在遠方，有點像圓形露天劇場，一座在這裡，一座在那裡。兩條小河，或者不如說是兩處沼澤，匯入這個池塘——你可以這樣叫這個小港灣。沿岸的樹葉都泛著一種有毒似的光澤。我們從船上看不見房子或柵欄，它們都被樹擋住了，如果沒有帶著那張地圖，我們簡直像是從這個島升出海面以來第一批在這裡下錨的人。

空中沒有一絲風，也沒有一點聲音，除了半英里外海浪撞擊海灘和岩石的聲音。錨地上飄著一股特別的臭味——濕樹葉和腐爛的樹幹的味道。我發現醫生聞了又聞，像有的人聞一個臭雞蛋那樣。

「我不知道有沒有財寶，」他說，「但我打賭這裡有熱病肆虐。」

如果說小船上水手的舉動已經開始讓我擔心，那麼他們回到大船上以後就更嚇人了。他們都待在甲板上吵吵嚷嚷，命令他們做一點點小事他們也會翻白眼，做得也不情不願、馬馬虎虎的。就連最老實的人也被感染了，船上沒有人會去說說別人的。顯然，一場叛變就像雷雨雲一樣籠罩在我們頭上了。

察覺危險苗頭的不只是我們住在客艙裡的人，高腳約翰也賣力地從一堆人走到另一堆人，好言相勸，做出好得不能再好的榜樣的姿態。他空前熱情而禮貌，對每個人都笑容滿面。

一有什麼命令，他就立刻拄著他的枴杖，用世界上最高興的語氣說：「噯，噯，先生！」在沒事要做的時候，他就一首接一首地唱歌，像是要把其他人的不滿遮掩過去。

在那個不祥的下午，所有不祥的徵兆中，高腳約翰顯露的急躁，更是分外難看的。

我們在客艙裡開了個會。

「先生，」船長說，「如果我再冒險下一道命令，全船人就都衝到這裡來了。你看，先生，眼下就是這樣了。我被頂撞了，對不對？好，如果我頂回去，長矛立刻就會丟過來。如果我不回嘴，希爾佛就會看出問題，事情就完蛋了。現在我們只有一個人可以指望。」

「誰？」地主問。

「希爾佛，先生，」船長回答說，「他和你和我一樣急於讓事情平息。這是他們的小分歧：他只要有機會就會勸阻他們，所以我的建議就是給他這個機會。我們放船員下午到岸上去。如果他們都上岸了，那麼，我們就擁有了船。如果他們全都不下去，那好，我們就守著客艙，聽天由命。要是他們有些人上了岸，你記好我說的，先生，希爾佛會把他們乖乖帶回船上來的。」

事情就這麼決定了。裝好彈藥的手槍發給了所有忠實可靠的人，杭特、喬伊斯和雷德路斯給了我們信心，他們聽到消息以後並不太驚訝，比我們預想的還要有鬥志。接著船長走上甲板向全體船員講話。

「兄弟們，」他說，「天很熱，大家都很累，不舒服。上岸走走對誰都沒壞處——小船還在水裡，下午你們誰想去可以划到岸上。太陽下山前半小時我會鳴槍通知大家回來。」

我相信那些笨傢伙肯定覺得他們一上島就能摔在財寶上，因為他們馬上喜笑顏開，歡呼聲使遠山也傳來迴響，又一次驚起鳥群，在錨地上空盤旋鳴叫。

船長太聰明了，他不礙他們的事，很快走開了，讓希爾佛來協調眾人。我覺得他這招真好。如果他待在甲板上，他就不能再假裝不知道這是個什麼局面了，事情明擺著，希爾佛是船長，手下有一大幫要造反的人。而忠誠的人——我很快證實了船上還有這樣的人在——肯定是些很笨的人。也可能，我猜其實所有人都被希爾佛帶壞了，只是程度深一點淺一點而已，少數幾個好人沒有被威逼利誘走太遠。偷懶打混是一回事，搶劫船隻、濫殺無辜則完全是另一回事。

最後，不管怎麼說，這幫人都安排好了。六個人留在船上，其餘十三個，包括希爾佛，去坐小船。

這時我腦子裡冒出來一個近乎瘋狂的念頭，多虧它救了我們一命。如果希爾佛放了六個人在船上，我們就不可能拿下這艘船。而既然只留下六個人，客艙這邊也就不太需要我幫忙。我忽然決定到岸上去。眨眼間我就翻過船舷，爬到最近一條小船的船頭板下，幾乎就在同時，它被撐離了大船。

沒人注意到我，只有船頭的槳手說了一句：「是你嗎，吉姆？頭別抬起來。」但是希爾佛從另一條船上盯著我們的小船，還大聲問那是不是我。那一刻我開始有點後悔這麼做了。

水手們競相往海灘上划，而我所在的小船，出發得比較早，重量比較輕，槳手也好，所以遙遙領先，船一頭插進岸邊樹木間，我抓住一根樹枝把自己拉了上去，跳進了最近的灌木叢，這時希爾佛和其他人還在一百碼以外。

「吉姆，吉姆！」我聽見他喊。

可想而知我毫不理會，連蹦帶跳，又躲又鑽，突破障礙，一直跑一直跑，直到再也跑不動為止。

14

第一次打擊

能從高腳約翰眼底下溜走我極度興奮，於是自得其樂、饒有興趣地環顧起我所置身的這片奇怪的陸地。

我穿過一條長滿柳樹、蘆葦和奇異濕地植物的沼澤地，來到了一片開闊起伏的沙地，它大約有一英里長，上面稀疏地長著一些松樹，還有很多歪歪扭扭的樹，有點像櫟樹，但樹葉顏色是柳樹那種淺的。沙地的遠處有一座小山，有兩座精巧、嶙峋的峰，在陽光下閃閃發光。

我有生以來第一次感受到了探險的樂趣。這是一座無人島，與我同船來的人都被我甩在了身後，我前面只有鳥獸。我在樹林裡東遊西蕩，到處都是不認識的植物開著花，時不時看見蛇，有一條從石頭縫裡抬起頭來，對我發出像陀螺飛轉時的那種嘶嘶聲，我完全沒想到牠是個要命的敵人，那聲音就是著名的響尾蛇的聲音。

接著我走進一條長長的灌木林帶——長生或長青櫟，後來我聽他們這樣叫——像荊棘一樣低矮地長在沙地上，樹枝奇怪地彎曲著，葉子密密匝匝的，像茅草屋頂。灌木林從一處沙丘頂上延伸下來，往下樹長得愈高愈多，直到一個寬闊的、蘆葦叢生的沼澤邊緣，最近的一條小河就是穿過這片沼澤匯入錨地的。沼澤在強烈的日光照射下冒著蒸汽，望遠鏡山的輪廓在水霧中顫動搖晃著。

忽然蘆葦叢中一陣騷動，一隻野鴨呱呱叫著飛起來，後頭跟著一群，頃刻間沼澤上空尖叫著、盤旋著如雲的群鳥。我立刻想到一定是我同船的人正沿著沼澤邊緣過來。果然不出所料，很快我就聽見遠處有低沉的人聲，我凝神聆聽，說話聲變得愈來愈響、愈來愈近了。

這把我嚇壞了，我爬到最近的長青櫟下，蹲在那裡傾聽，安靜得像老鼠一樣。

另一個聲音在回答，然後又是一開始那個聲音——我現在認出是希爾佛——接過話，滔滔不絕地講了半天，另一個人只是時不時插句嘴。聽上去他們討論得很熱烈，簡直是激烈，但我聽不清楚。

最後他們似乎停了下來，也許是坐下來，因為他們沒再走近，鳥也安靜了，又回到了沼澤裡。

這時我開始察覺到自己的失職。既然我已經這麼莽撞地跟著這些亡命之徒上了岸，至少我可以偷聽他們說些什麼，所以擺在我面前的任務，就是在這些蜷縮著的樹的掩護下盡量靠近一點。

我能知道這兩個人的確切方位，不只是靠聽他們說話的聲音，還有一個根據是：幾隻鳥不安地在闖入者上方繞著圈。

我手腳並用，一步一步朝他們慢慢爬過去，最後我從樹葉的縫隙間抬起頭，清楚地看見下方沼澤邊有一個長滿了樹的綠色小山谷，高腳約翰和另一個船員在那裡面對面交談。

陽光直射在他們身上。希爾佛把他的帽子扔在旁邊地上，光滑白皙的大臉熱得亮閃閃的，正對著另一個人的臉，一副懇求的表情。

「朋友，」他說，「因為我覺得你是塵土裡的金子——塵土裡的金子，等著瞧吧！如果我不是特別看重你，你覺得我會在這裡來提醒你嗎？事情已經成定局了——你也沒辦法。我說這些是為了保住你的命，要是被那幫亂來的人知道了，他們會怎麼對付我，湯姆，你說，他們會怎麼對付我？」

「希爾佛，」另一個人說——我注意到他不只是滿臉通紅，講話也像烏鴉一樣粗啞，聲音還發顫，像繃緊的繩子——「希爾佛，」他說，「你年紀大了，人也正派，至少有那樣的名聲；你還有錢，很多可憐的水手都沒有；你還很勇敢，要不就是我看錯了。難道你要跟我說，你要讓自己被那幫混蛋牽著走嗎？你犯不著！我當著上帝的面說，要是我做昧良心的事，我就立刻砍斷一隻手——」

突然他被一個聲音打斷了。我剛找到一個老實的水手——這下，這裡，就在這時，又傳來了另一個水手的消息。在離沼澤很遠的地方突然傳出一聲憤怒的叫喊，接著又是一聲，接著是一聲可怕的、拖長了的尖叫，在望遠鏡山上的石頭間迴蕩了好幾次，沼澤裡的鳥再次整群振翅飛起，黑壓壓地布滿天空。那臨死前的慘叫在我腦海裡迴響了好久，周圍又恢復了寂靜，只有重新落回來的鳥撲動翅膀的聲音和遠處的海浪聲打擾著下午的昏沉氣氛。

湯姆聞聲跳了起來，像匹被馬刺踢了的馬，希爾佛卻眼睛也沒眨一下，他站在那裡一動沒動，輕鬆地倚著他的枴杖，像一條準備咬人的蛇一樣看著他的同伴。

「約翰！」那水手說著伸出了他的手。

「別碰我！」希爾佛大叫著向後跳開一碼遠，我看就像體操運動員那樣又快又穩。

「你不想碰就不碰你，約翰．希爾佛，」湯姆說，「你心裡有鬼所以怕我。不過，老天在上，你告訴我那是誰？」

「誰？」希爾佛說著，笑了，但是更小心了，他的眼睛在他那張大臉上只有針眼那麼大，但像碎玻璃屑一樣閃著光，「那個嘛，哦，我估計是艾倫。」

聽到這個，湯姆像個英雄一般勃然大怒。

「艾倫！」他大聲說，「真正的海上男兒，願他的靈魂安息！至於你，約翰．希爾佛，以前你是我朋友，但是以後不是了。如果我像條狗一樣地死了，我也會是做著我該做的事死的。你們殺了艾倫，是吧？你有本事也殺了我吧。但是我不會聽你的。」

勇敢的湯姆說完就轉身背對廚師朝海灘走去。但他注定走不遠。約翰大喊一聲，抓住一根樹枝，從腋下抽出枴杖，當作野蠻人的標槍朝前猛擲出去。它射中了可憐的湯姆，勢大力沉，正中後背中央。湯姆抬了抬手，倒抽了一口氣，就倒在了地上。

他被傷得重不重，也不得而知。聲音聽上去像是脊椎可能當場被打斷了。但他沒時間再爬起來了。希爾佛，哪怕缺腿也沒有枴杖都敏捷得像隻猴子，一下子就跳到了他身上，用刀在那個毫無抵抗能力的身體上猛扎了兩下，每下刀子都捅到了底。從我躲著的地方，我都能聽見他行凶時的大聲喘氣聲。

我不知道昏過去是怎麼一回事，但是我知道接下來的一小段時間，整個世界在一團旋轉著的霧中從我面前散開，希爾佛和鳥群、高高的望遠鏡山的山頂，在我眼前顛來倒去、轉啊轉，各式各樣的鐘聲和遠處的嘈雜聲在我耳邊響起。

當我緩過神來，那殺人魔已經恢復了常態：腋下夾著枴杖，頭上戴著帽。湯姆一動不動地躺在他跟前的草地上，但這凶手看也不看一眼，只是用一把草將他沾血的刀擦乾淨。一切照舊，太陽依舊無情地照著冒著蒸汽的沼澤和山的頂峰，我很難相信剛才真的發生了凶殺，一個人在我眼前被殘忍地剝奪了生命。

這時，約翰把手伸進口袋，拿出一只哨子，吹了幾個不同的音，聲音很快在炎熱的空氣中傳開了。我不知道這幾聲信號的意思，但它立刻喚起了我的恐懼。還有更多人會來，我可能會被發現。他們已經殺了兩個誠實的水手了，湯姆和艾倫之後，會不會輪到我？

我立刻想要脫身，盡我所能既快又安靜地往回爬，去樹林中比較開闊的地方。爬的時候，我聽見希爾佛和他那一群人互相招呼的聲音，這危險的聲音迫使我逃得更快了。等我一離開灌木叢，我就以前所未有的速度跑了起來，幾乎也不知道在往哪裡跑，只要能離開那些凶手們。我一邊跑著，心裡愈來愈害怕，最後簡直就要發瘋了。

說真的，能有誰比我還慘嗎？槍響的時候，我要怎麼才敢上小船坐在這幫還帶著血腥味的惡魔中間？會不會他們誰一看見我就把我的脖子像沙錐鳥一樣扭斷？如果我不回去，是不是等於告訴他們，我已經發現他們的事？全完了，我想。再見，「伊斯帕尼奧拉」號。再見，地主、醫生、還有船長！我只有死路一條了，要麼餓死，要麼被叛變者們殺死。

我想著這些的時候仍然在跑，不知不覺跑到了那座有兩個峰的小山腳下，進入島上這樣的一個地帶：這裡的長青櫟間距更大，形狀和大小看起來更像林木，中間零散地長著一些松樹，有的有五十英尺高，有的將近七十英尺。空氣比下面沼澤邊的要清新。

這裡又出現了一件嚇人的事，嚇得我站住不敢動，心怦怦狂跳。

15

島上的人

從全是石頭、很陡的小山坡上，「嘩啦啦」滾下來一堆碎石子，彈跳著經過那些樹。我本能地往那個方向看，看見一個身影很敏捷地跳到一棵松樹背後。那是什麼東西，是熊還是人，還是猴子，我說不上來。牠看起來黑乎乎的，長著亂蓬蓬的毛，別的我什麼也不知道。牠的出現把我嚇住了。

這下我好像走投無路了，後面是凶手們，前面埋伏著這個不知道是什麼的怪物。我當下覺得情願選已知的危險，好過未知的。希爾佛看上去都沒這座樹林裡的傢伙可怕。我轉過身，一邊還緊張地回頭看，往船的方向走。

但那個傢伙馬上又出現了，牠繞了一圈，又穿到了我前面。不管怎麼說，我累了，但就算是一早起來精力充沛的時候，跟這樣一個對手比速度，我也比不過。牠像一頭鹿似的從一棵樹飛躥到另一棵樹，像人一樣用兩條腿跑，但是不像我見過的任何人類，跑的時候腰彎得特別低。然而那確實是個人，我很快確定了這件事。

我開始回想起聽過的食人族的事，頓時想喊救命。但他畢竟是人，哪怕是個野人，也多少讓我安心了一點，而且我對希爾佛的害怕又重新回來。所以我站住了，一邊想著逃跑的辦法，正想著，猛然想起我還有手槍。一想到我不是手無寸鐵，心裡就重新鼓起了勇氣。我堅定地面對著這個島上的人，輕快地朝他走去。

這時他正躲在一棵樹後，但他一定一直在密切觀察我，因為我剛開始朝他走，他就又露面了，迎著我走了一步。接著他猶豫地退了一步，又再朝前走，最後，他跪了下來，雙手十指緊握，像是哀求。我真是又吃驚又困惑。

我又站住了。

「你是誰？」我問。

「班・葛恩，」他回答說。他的聲音又啞又澀，像生鏽的鎖，「我是可憐的班・葛恩，真的，我三年沒和人說過話了。」

我現在可以看出他和我一樣是個白人，長得甚至還挺好看的。他的皮膚，凡是露在外面的地方，都被太陽烤得焦黑，就連嘴唇也是黑的。一雙明亮的眼睛在黝黑的一張臉上顯得亮得驚人。在所有我見過或是想像得出的乞丐當中，他是穿得最破爛的。他穿的是用各種各樣、亂七八糟東西——黃銅釦子、小樹枝、塗柏油的束帆帶圈圈——結綴在一起的破舊的船帆布和防水布的碎片，腰上繫著一條有黃銅搭釦的舊皮帶，那是他全身上下唯一結實的東西。

「三年！」我叫道，「你是碰到海難了嗎？」

「不是啊，朋友，」他說，「是被丟在這裡的。」

我聽說過這種事，我知道那是海盜裡很常用的一種可怕的懲罰，他們把受罰的人扔在遙遠的無人荒島上，只給他少少的一點彈藥。

「我被扔在這裡三年了，」他接著說，「靠吃山羊肉活，還有漿果，還有牡蠣。一個人無論在哪裡，我說，總能找到活路。可是，朋友，我心裡好想吃點正常的食物。你現在身上會不會剛好有塊乳酪？沒有嗎？好吧，許多個長夜裡我都夢見了乳酪——烤的，大多數是——然後又醒了，我還是在這裡。」

「如果我能再上船，」我說，「就可以給你成堆的乳酪。」

這時他一直在摸我外套的料子，摸我的手，看我的靴子，總的來說，在說話間，他對於一個同類的出現，表現出一種孩子般的高興。但聽到我最後那句話，他猛地精神一振、雙眼放光。

「如果你能再上船，你是這麼說的嗎？」他重複了一遍。「那現在是誰不讓你去啊？」

「不是你，我知道。」我回答說。

「你說得對啊，」他說，「所以你——你叫什麼，朋友？」

「吉姆。」我告訴他。

「吉姆，吉姆，」他說，他顯得很高興，「所以，現在，吉姆，我過著這種野蠻的生活，你聽了也會臉紅吧。你看，比如說，你不會覺得我有一個虔誠的母親吧——看我這樣？」他問。

「呃，沒有，不會特別去想。」我說。

「哎，好吧，」他說，「但我確實有個特別虔誠的媽媽。我本來也是個有禮貌又虔誠的男孩，能把教義背得很快，快得你都來不及聽。結果變成現在這樣，吉姆，那都是從我在墓碑上扔銅板打賭開始的！那是開頭，後來就愈走愈遠了。母親早就告訴過我了，她全都預料到了，這個虔誠的女人，真的被她說中了！是上天把我扔到這裡的。我在這個孤島上都想明白了，我要改邪歸正。你別讓我喝太多酒，不過喝一點慶祝一下可以，當然，要是有機會的話。我已經下定決心當好人了，我也知道要怎麼做。而且，吉姆，」他四下張望，壓低嗓門輕聲說，「我有很多錢。」

我現在覺得這個可憐的傢伙因為太孤獨而瘋了，我這種感覺大概表現在了臉上，因為他急切地反覆表示：

「很多錢！很多錢！真的。我跟你說，我會讓你變成一號人物，吉姆。哎，吉姆，你該慶幸自己吉星高照，你會的，你是第一個發現我的人。」

說著他突然面色一沉，緊緊抓住我的手，凶巴巴地在我眼前豎起一根手指。

「所以，吉姆，你老實說，那是不是佛林特的船？」他問。

聽了這話我大喜，開始相信我找到了一個盟友，於是我馬上回答他說：

「不是佛林特的船，佛林特已經死了，不過既然你問我，我就老實跟你說——船上有些佛林特的人，對我們其他人來說不太妙。」

「有沒有一個——只有獨腳的人？」他深吸了一口氣問。

「希爾佛？」我問。

「哎，希爾佛！」他說，「就是他。」

「他是廚師，也是他們的首領。」

他還抓著我的手腕，聽到這裡又用力扭了一下。

「如果你是高腳約翰派來的，我就是塊砧板上的肉了，我知道。那你現在想怎麼樣？」

我立刻下定決心，就著回答問題，把我們航海的整個經過和我們現在的處境都告訴他。

他聚精會神地聽完我說的，拍了拍我的頭。

「你是個好孩子，」他說，「你們都有麻煩了，是不是？好，你相信班·葛恩好了——班·葛恩會幫你們的忙。所以，你覺得你們地主對幫他的人會像你說的那麼大方嗎？他有麻煩了呢。」

我告訴他地主是最最大方的人。

「哎，可是你看，」班·葛恩說，「我不是想要他讓我替他看門，穿一套僕人的制服，那些的。我不想那樣，吉姆。我想的是，他把那筆錢弄到手以後，會不會願意分我一杯羹，比如說，一千鎊？」

「我肯定他會的，」我說，「本來就是，每個人都有得分的。」

「並且把我帶回家？」他又試探性補上一句。

「好啦，」我大聲說，「地主是個紳士。再說，如果我們殺掉那些人，我們也需要你幫忙一起把船開回去啊。」

「哎，」他說，「是哦。」於是他放下心來。

「所以我跟你說，」他又說，「我要把什麼都告訴你，一點也不隱瞞。佛林特埋藏那些財寶的時候，我也在他船上做事，他帶著六個——六個身強力壯的水手。他們在岸上待了大概一個星期，我們就留在老『海象』號上等著。有天先是來了信號，然後佛林特自己划著小船來了，頭上裹著一塊藍頭巾。太陽正在往上升，我們從船頭看見他臉色慘白。不過你看，他還活著，那六個人全死了——死了埋了。他是怎麼做到的，我們船上的人都不知道。反正是動手、謀殺，突然說死就死——他一個人做掉了六個。比利・伯恩斯是大副，高腳約翰是掌舵的，他們問他財寶在哪裡，他說：『啊，你們高興的話可以上岸去留在那裡啊，不過這艘船可是要去找更多財寶的，媽的！』他就這麼說。

「三年前，我跟另一艘船出海，我們看見了這座島。我說：『兄弟們，這裡有佛林特的寶藏，我上岸去找吧。』船長不樂意，但水手們都想去，於是就停船上岸了。他們找了十二天，他們每天對我態度都變得更差了，直到有天早上他們都回到船上。他們說：『班傑明・葛恩，給你一把火槍，鏟子和十字鎬，你留在這裡自己找佛林特的錢吧。』

「於是，吉姆，我就在這裡待了三年，從那時起我就再也沒吃過一頓正常飯。現在，你看看，你看看我。我看起來還像個水手嗎？你就說不像，我自己也說不像。」

他一邊說一邊對我眨了眨眼睛，還用力掐了我一把。

「你把這些話告訴地主，吉姆，」他繼續說，「他自己也說不像——就這麼說。這三年裡他都待在這個島上，白天夜裡，晴天雨天，有時他會細細回想一段祈禱文（你就說），有時他會想念起他的老母親，就當她還活著（這你也要說），但是葛恩的大部分時間（你一定要說這個）——他的大部分時間都花在另一件事上了。然後你就像我這樣掐他一下。」

他又掐了我一下，感覺是表示親近、要分享祕密的樣子。

「然後，」他接著說，「然後你就說下去，你這樣說：葛恩是個好人（你一定要說），他對真正的紳士傾慕有加——注意我說的是傾慕，瞧不起那些冒險家們，他以前就是他們中的一員。」

「好吧，」我說，「你說的話我一個字也沒聽懂。不過，這不重要；我要怎麼回船上去呢？」

「哎，」他說，「那是有點麻煩。不過我有一條小船，我親手做的。我把它藏在白色的大岩石下面。萬不得已的時候我們可以天黑以後試試看用它。嘿！」他喊起來，「什麼聲音？」

就在那時，儘管離太陽下山還有一兩個小時，整個島上響起了加農炮轟鳴的迴響。

「他們打起來了！」我喊道，「跟我來。」

我拔腿就朝錨地跑，恐懼都拋到了腦後，而那個被扔在島上的人披著他的山羊皮輕快地小跑在我身旁。

「左邊，左邊，」他說，「一直往你左手邊跑，吉姆朋友！往樹底下跑！我就是在這裡第一次殺山羊的。牠們現在不來這裡，都逃到山上去了，牠們怕班傑明．葛恩。啊！那裡是墓地」——他要說的肯定是墓地，「你看到那些墳堆了嗎？我會時不時到這裡來祈禱，我想到可能是星期天的時候就來。那裡不是小教堂，但好像更莊嚴。對了，你要說，班．葛恩一無所有——沒牧師，沒《聖經》，也沒旗子，你這樣說。」

我跑的時候，他就這樣一直說，既不期待、也確實沒得到任何回答。

炮聲過後，隔了很長一段時間，又是一陣槍聲。

接著又沒聲音了。再然後，我看見在我前面不到四分之一英里的地方，一面英國國旗飄揚在樹林上空。

第四部

木寨

THE STOCKADE

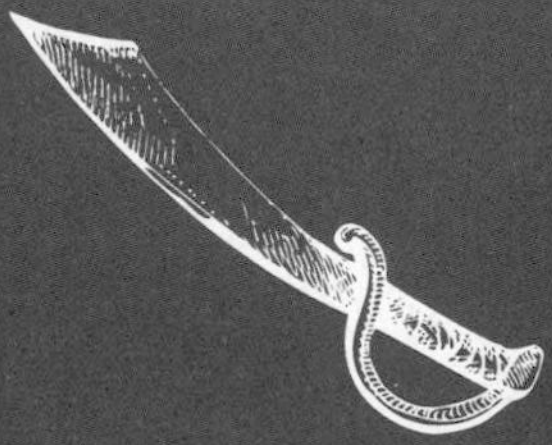

16

由醫生講述：棄船的經過

大約一點半——用航海術語說是三個鐘響——兩條小船從「伊斯帕尼奧拉」號向岸邊划去。船長、地主和我在客艙裡談事情。如果當時稍微有一點風的話，我們就會向留下來跟我們在一起的六個反叛者們動手，然後起錨出海。但是沒有風。而且，杭特又下來告訴我們吉姆．霍金斯溜上一條小船跟其他人一起上岸了，這讓我們更絕望了。

我們從來沒有懷疑過吉姆．霍金斯，但是我們擔心他的安危。跟那幫惡人在一起，我們能不能再見到這孩子也很難說。我們跑到甲板上，柏油在船板縫裡熱得冒泡泡，這地方的一股惡臭讓我想吐。如果有誰聞到過黃熱病和痢疾的氣味，那就是在這個可惡的錨地聞到的。那六個壞蛋坐在帆底下的艏樓裡嘀嘀咕咕。往岸上看我們可以看見兩條小舢板繫在那裡，靠近小河的入海口，一條船上坐著一個人，其中一個吹著〈利利布雷洛〉的曲子。

等著太煩了，於是決定由杭特和我划小船去岸上打聽點消息。

那兩條小舢板是靠右停的，但杭特和我直接往地圖上畫著木寨的方向划。那兩個留下來看著他們的小船的人看見我們好像有點不知所措，〈利利布雷洛〉也不吹了，我看見他們討論了一下他們該做什麼。如果他們跑去告訴希爾佛，所有事可能就都不一樣了。但是他們之前被命令過，我猜，所以他們決定還是坐在原地，又吹起了〈利利布雷洛〉。

岸上有一處小海角，我把船划到了海角的另一邊，這樣，在我們上岸之前，那兩個小舢板上的人就已經看不見我們了。我跳下船以後就拚命跑，帽子下墊了一塊真絲大手帕，好讓身體感覺涼快些，並帶了兩把上了膛的手槍來防身。

我跑不到一百碼就到了木寨。

它是這樣的：一股清泉從一個小山丘頂上湧出來，在這個小山丘上，有人圍著泉水搭了一座結實的圓木屋，裡面能容納約四十來人，每面牆上都有槍眼。木屋周圍清出一片空地，然後再圍了一圈六英尺高的柵欄，沒有門或可以出入的地方，非常堅固，拆毀它要花許許多多時間和力氣，柵欄間隔較開，外面要是有人，也不會看不見。木屋裡的人可以應付四面過來的圍攻者，安然無恙地待在屋裡，像打鷓鴣一樣開槍射他們。只需要有一個人留神警戒和保證糧食充足就行。除非遭遇偷襲，不然守著這裡能頂住一大群人的進攻。

特別讓我高興的是那股泉水。儘管我們在「伊斯帕尼奧拉」號上有非常舒服的艙房，有充足的武器和彈藥，有東西吃，有美酒，但還缺一樣——我們沒有淡水。我正在想著這件事，突然有一聲要命般的慘叫迴蕩在海島上空。我對橫死並不陌生——我曾在坎伯蘭公爵麾下服役，在豐特諾伊戰役中負過傷——我的心跳猛地頓了一下，第一個念頭就是：吉姆．霍金斯完了。

身為老兵，也經歷過不少事情，更何況我還是個醫生。我們沒有時間磨磨蹭蹭。我立即拿定主意，爭分奪秒地回到岸邊，跳上小船。

幸運的是杭特很會划船，我們的船跑得飛快，不一會兒就停靠在大船邊，我登了上去。

我發現他們全都很震驚，這很自然。地主坐著，臉白得像紙一樣，想著是他害了我們，這個好人！前甲板的六個人裡有一個也嚇得不輕。

「他是個新手，」史莫列特船長朝那個水手點了點頭說，「醫生，聽到那聲慘叫的時候他快昏過去了，再去跟他說說他就會加入我們。」

我把我的計畫告訴船長，我們商量了一下執行這個計畫的細節。

我們派老雷德路斯守在客艙和前艙之間的走廊上，帶三四枝上了膛的火槍，還有一個床墊用來保護。杭特把小船划到船尾窗下，喬伊斯和我負責把彈藥箱、火槍、裝在袋子裡的餅乾、小桶豬肉乾、一桶干邑白蘭地和我寶貴的醫藥箱都裝到小船上去。

與此同時，地主和船長待在甲板上，後者還向舵手發了話，他是船上那幫人的頭頭。

「漢茲先生，」他說，「我們兩個人每人帶了兩把手槍，如果你們六個人裡誰敢發任何信號報信，他就死定了。」

他們著實吃驚不小，交頭接耳了幾句，就全從前升降口跑下去，無疑是想繞到我們背後。

但是當他們看見雷德路斯正在狹窄的走廊裡等著他們，就立刻在船裡四處亂竄，有一個腦袋又伸上了甲板。

「下去，狗東西！」船長喝道。

那個腦袋又縮了回去。有一段時間，我們再沒聽到這六個嚇破膽的水手的動靜。

這時，我們把東西亂七八糟地堆上小船，能裝多少裝多少，直到裝不下為止。喬伊斯和我從後舷窗爬出去上了船，又拚命往岸上划。

第二次再去引起了岸邊放哨者的警覺，〈利利布雷洛〉再次中斷。就在我們繞過彎角，即將消失在他們視線範圍內的時候，他們中的一個人突然朝陸地上跑，然後不見了。我有點想改變計畫，去破壞他們的船，但我怕希爾佛和其他人說不定就在附近，太貪心可能會壞事。

我們很快就在原來的地方上岸，把物資都搬進木屋。第一趟是三個人搬的，大家都背得很重，把東西扔過柵欄。然後喬伊斯留下看著它們——他雖然只有一個人，但是有六支火槍——杭特和我回小船又搬了一次。我們來來回回，都沒停下來喘口氣，直到把所有貨物都搬好，然後他們兩個隨從就在木屋裡待著，我用盡全力划船回「伊斯帕尼奧拉」號去。

我們要再裝一小船東西過去，看起來很冒險，其實還好，當然，他們在人數上有優勢，可是我們在武器上占上風。岸上的人都沒有火槍，他們的手槍射程還打不著我們的時候，我們就能打掉他們一半的人。

地主在船後窗等我，他低落的情緒已經一掃而光。他抓住纜繩很快把小船繫好，然後我們就拚命裝船，裝豬肉乾、彈藥、餅乾，還為地主、我、雷德路斯和船長每人準備了一枝火槍和一把彎刀。其餘武器和彈藥被我們扔進了兩英尋半深的海水裡，我們能看到那些躺在乾淨的細沙海底的亮錚錚的武器，在陽光的照耀下閃閃發光。

這時開始退潮了，大船繞著錨搖晃起來，兩條小舢板那邊隱約傳來了喧譁聲，雖然我們並不擔心遠在東面的喬伊斯和杭特，但這也警告我們必須趕快撤了。

雷德路斯撤離走廊上他守著的位置，跳上小船，然後我們繞到船尾突出的地方去接史莫列特船長。

「喂，夥計們，」他說，「聽得見嗎？」

前甲板沒人回答。

「亞伯拉罕．格雷，你聽得見嗎？——我是對你說的。」

還是不作聲。

「格雷，」史莫列特先生又大聲了一點，「我要離開這條船了，我命令你跟著船長我。我知道你本性是善良的，我敢說，你們這些人也沒看上去的那麼壞。我手上拿著錶，給你三十秒跟我走。」

接著靜了一會兒。

「來吧，我的好夥計，」船長繼續說，「別再耽擱了，每一秒鐘，我和這裡這些好人可都在拿命冒著險呢。」

突然一陣扭打聲，亞伯拉罕·格雷臉上帶著一條刀傷衝了出來，跑向船長，像狗聽到了主人吹哨子。

「我跟你走，先生。」他說。

接著他和船長跳上了我們的小船，我們離開大船，向岸邊划去。

我們是從大船上脫身了，但還沒上岸進入我們的木寨。

17

由醫生講述：小船的最後一趟旅程

這是小船跑的第五趟，和前幾趟都不一樣。首先，我們坐的這條船只有小藥罐大小，它嚴重超載了。五個成年人，其中三個——崔勞尼、雷德路斯和船長——身高都在六英尺以上，這已經超過了它本來的載重量。再加上彈藥、豬肉乾、一袋袋的麵包。船尾的船舷上沿已經快和水面齊平了。水好幾次漫進來，我們還沒划出一百碼遠，我的褲子和外套的下襬都已經浸濕了。

船長讓我們調整了一下，這樣船才稍微平穩一點。儘管如此，我們還是大氣都不敢出。

其次，此時正值退潮——一股起伏的湍流正經海灣向西流去，然後又穿過我們早上到過的海峽向南匯入大海。對我們這超載的小船來說即便是小浪也很危險，更糟的是我們被沖出了預定的航線，離我們要在海角後面登陸的點愈來愈遠。如果我們任憑水流推移，我們就會在那兩條小舢板那裡靠岸，海盜們隨時可能在那裡出現。

「我沒辦法把船頭轉向木寨，先生。」我對船長說。我在把舵，船長和雷德路斯——兩個沒消耗過體力的人——在划槳。「潮水一直在把它往外推。你們能再加把勁嗎？」

「再用勁船就要翻啦，」他說，「你要把住，先生，請你堅持到看到成功為止。」

我又努力了一下，然後發現，潮水一直在把我們往西沖，除非我把船頭轉向正東，也就是跟我們要去的方向剛好成直角。

「照這樣我們永遠也上不了岸了。」我說。

「如果我們只能朝這個方向，先生，我們就得照這麼做。」船長答道。「我們必須逆水行舟，你看，先生，」他繼續說，「如果我們被沖過了登陸地點，就很難說我們要在哪裡上岸了，大概只能是往小舢板那裡去了。但如果我們保持現在的方向，潮水的勁頭會下去的，那時我們就能沿著海岸划回來了。」

「潮水已經下去一點了，先生，」坐在船頭的格雷說，「你可以省點力了。」

「謝謝，老弟。」我說，就像什麼事也沒發生過一樣，我們都已經把他當自己人了。

突然船長又說話了，我覺得他的聲音有點變了。

「大炮！」他叫道。

「我想過了，」我說，我以為他在想木寨被炮轟的事，「他們沒法把炮弄上岸，就算弄上岸，也不能拖它穿過樹林。」

「往後看，醫生，」船長說。

我們完全忘了長管旋轉炮。我們驚悚地看見那五個惡棍正忙著脫掉它的「夾克」——他們這樣叫航行時罩著大炮的結實防水油布。不僅如此，這時我猛然想起大炮用的炮彈和火藥都留在大船上了，只要用斧頭劈一下，它們就統統歸船上那些壞蛋了。

「伊斯瑞爾是佛林特的炮手。」格雷的聲音都啞了。

我們不顧一切地把船頭對著登陸地划，這時我們已經不受那股水流的左右，只要平穩地划槳就能保持航向，我能讓它穩穩地對著目的地了。但糟糕的是，這樣一來，我們就轉成是船身側面對著「伊斯帕尼奧拉」號而不是船尾了，給了他們一個門戶大開的活靶。

我能看見，甚至能清清楚楚地聽見，那個紅臉醉鬼伊斯瑞爾．漢茲「撲通」一聲把一顆炮彈放在甲板上。

「誰槍法最好？」船長問。

「崔勞尼先生，絕對是。」我說。

「崔勞尼先生，你能幫我把他們打掉一個嗎？最好是漢茲。」船長說。

崔勞尼像鋼鐵一樣冷靜，檢查了一下他槍裡的火藥。

「哎，」船長喊，「動作輕點，先生，不然船會翻。其他人在他瞄準的時候穩住船身。」

地主舉起槍，船暫時不划了，我們都靠到船的另一側去保持平衡，一切都安排得很好，一滴水也沒進船裡來。

那個時候他們已經把大炮轉過來了，漢茲在炮口邊，拿著通條，是個最暴露的目標。然而，我們運氣不好，崔勞尼開槍的剎那，他彎下了腰，子彈從他頭上呼嘯而過，但另外四個人裡有一個人倒了。

他的叫聲引起了更多的喊叫，不只他船上的同伴們在喊，還有許許多多喊聲從岸上傳來，我往那個方向看，看見一群海盜從樹林裡衝出來，跌跌撞撞地爬上他們的小船。

「小舢板要過來了，先生。」我說。

「趕快划，」船長大叫，「現在不要管會不會翻船，如果我們上不了岸就全完了。」

「只有一條小舢板上有人，先生，」我補充說，「其他那群人很可能是想從岸上繞過去攔截我們。」

「他們可有得跑了，先生，」船長回答說，「鴨子上岸跑不快，你知道的。我倒不大在意他們，我在意那門炮！就像在地毯上滾木球！我夫人的女僕都會中。崔勞尼先生，要是你看到他們擦火柴就叫我們，我們就停住。」

這個時候我們這條如此超載的小船一直以它最令人滿意的速度行進著，而且在這當中幾乎沒進水。我們現在離岸很近了，再划三四十下就可以上海灘了，潮水已經在樹叢下面沖出一條窄窄的沙地。舢板已經不是威脅了，那個海角已經把它從我們眼前隔開。剛才退潮的潮水殘忍地阻礙了我們，現在將功補過，阻礙著我們的追兵。唯一的危險，就是大炮了。

「要是可以的話，」船長說，「我真想停下來再打一個。」

但顯然他們不打算等會兒再開炮了。他們對倒下的同夥看也不看一眼，雖然那同夥還沒死，我看見他正在試著爬到一邊去。

「準備！」地主喊。

「停住！」船長應聲叫道。

他和雷德路斯猛地朝後躲，船尾一下子沉進了水裡。就在這一瞬間炮聲響了。這就是吉姆聽到的第一聲炮響，地主的槍聲沒傳到他那裡。我們誰也不知道炮彈飛到哪裡去了，但我猜它從我們頭上擦過，它的氣浪給我們帶來了災難。

無論如何，小船從船尾慢慢沉下去，沉到了三英尺深的水裡，船長和我面面相覷，站在水裡。其他三個人全都沒了頂，又重新爬起來，渾身濕透、吐著泡泡。

幸好沒造成大的損傷。人全都在，我們都能平安地落水上岸。但我們的貨物都躺在水底了，尤其可惜的是，五枝槍裡只有兩枝還能用。落水時我本能地抓起我腿上的槍舉過頭頂。船長則是用一條彈藥帶把槍掛在肩膀上，而且很明智地槍機朝上。其他三枝槍都跟船一起沉沒了。

更讓我們擔憂的是，我們聽見沿岸樹林裡人的聲音已經在逼近了，我們的處境不太妙，不只有去木寨的路上被阻截的危險，還擔心杭特和喬伊斯如果面對五六個海盜的進攻，能不能頂得住。杭特是很沉著的，這個我們知道。喬伊斯不好說——他是個討人喜歡的、有禮貌的人，當男僕，給人刷刷衣服滿好，但不大合適當戰士。

帶著這些憂慮，我們盡可能快地從水裡上了岸，可憐的小船和我們一大半的彈藥和食物只能留在那裡不管了。

18

由醫生講述：第一天戰鬥的結果

我們以最快的速度穿過橫在我們和木寨之間的樹林，每一步都能聽見海盜們的喧嚷聲愈來愈近，很快我們就已經能聽見他們奔跑的腳步聲，還有他們闖過灌木叢時樹枝折斷的聲音。

我意識到我們真的要對戰了，於是看了看我的槍膛。

「船長，」我說，「崔勞尼射擊很厲害。把你的槍給他吧，他自己的壞了。」

他們交換了槍，從出亂子以後就沉默不語的崔勞尼停下來檢查了一下槍是不是好用，同時我看到格雷沒武器，就把我的彎刀給他，他往手心裡吐了口唾沫，皺緊眉頭，將彎刀舞得虎虎生風，我們見了都很高興，他身體上的每根線條都表明我們這位新兄弟貨真價實、很有用。

又跑了四十步，我們來到樹林邊，看見木寨就在前頭。我們從柵欄圈南邊的中間進去，幾乎在同時，七個叛變者——以水手長約伯·安德森為首的——大喊大叫著出現在西南角。

他們停了一下，似乎要往後退，在他們回過神來之前，地主和我，還有木屋裡的杭特和喬伊斯，都開了槍。四聲槍響雖然有些凌亂，但是沒有白開槍，一個敵人被擊倒了，剩下的拔腿就跑，躲進樹林裡。

重新裝好子彈以後，我們到柵欄外面去看那個倒下的敵人。他已經斷氣了——子彈穿過他的心臟。

我們開始為這一戰果高興，就在那時候，灌木叢裡發出一聲槍響，一顆子彈擦著我的耳朵掠過，可憐的湯姆．雷德路斯一個踉蹌，摔倒在地。地主和我都回擊了，但是因為我們沒看見目標，可能我們只是浪費子彈。我們又上了子彈，然後去看可憐的湯姆。

船長和格雷已經在查看他的傷勢，我看了一眼就知道沒救了。

我相信是我們果斷的回擊再次嚇住了叛變者們，因為我們在把流著血、呻吟著的可憐的老獵場總管舉過柵欄、抬進木屋時，沒有遭到騷擾。

可憐的老傢伙，從我們一開始遇到麻煩，到現在我們把他抬進木屋，他就要死了，他都沒說過半句驚訝、抱怨、害怕甚至認命的話。他曾像特洛伊戰士一樣守在走廊上、床墊後面。他默默地、忠誠地、出色地執行了每一個命令。他是我們當中年紀最大的，比我們大二十多歲。眼下，這位不苟言笑、忠心耿耿的老僕人就要死了。

地主跪在他身旁，親吻他的手，哭得像個孩子。

「我要走了嗎，醫生？」他問。

「湯姆，老兄，」我說，「你要回家啦。」

「要是我先打中他們就好了。」他說。

「湯姆，」地主說，「你能對我說你原諒我了嗎？」

「我對你這麼說不會失禮嗎，地主？」他說，「好吧，就那麼說吧，阿門！」

安靜了一會兒之後，他說他想要有人為他念禱告文。「那是規矩啊，先生。」他帶著歉意說。過沒多久，他沒再說什麼，就去世了。

在那段時間裡，船長——我早就注意到他胸前和口袋鼓鼓的——拿出了許多東西：一面英國國旗、一本《聖經》、一捲粗繩子、鋼筆、墨水、航海日記和幾磅菸草。他在柵欄圈裡找到一棵砍倒了又修掉枝條的長的樅樹幹，在杭特的幫助下把它豎在了木屋角上樹幹相互交叉形成的角裡。然後他爬上屋頂，親手繫好國旗升上去。

這好像使他心裡好過一點。他回到木屋裡，開始清點東西，好像別的一切都不存在了一樣。但他其實一直在留意著就要死了的湯姆，當湯姆死去時，他帶著另一面旗子走過來，恭敬地把它蓋在湯姆身上。

「別太難過了，先生，」他握著地主的手說，「他死得其所，別為他的靈魂擔心，他在為船長和雇主盡職時死去。這麼說也許不太合乎教義，但是真的。」

然後他把我拉到一邊。

「利夫西醫生，」他說，「你和地主本來打算讓那條接應的船過幾個禮拜來？」

我告訴他不是過幾個星期，是過幾個月，要是我們在八月底之前還沒回去，布蘭德利就會來找我們，但是不會早也不會晚。「你可以自己算還有多久。」我說。

「哦，好吧，」船長抓了抓頭說，「即使再多算一點，先生，把老天爺給的所有東西都算上，我得說形勢還是很嚴峻。」

「什麼意思？」我問。

「很遺憾，先生，我們失去了第二船的東西。我就是這個意思。」船長說，「彈藥還行，但是食物短缺，非常短缺——缺得，甚至可以說少一張嘴也好，利夫西醫生。」

他指了指蓋著國旗的屍體。

這時，一顆圓炮彈呼嘯著從木屋頂上高高飛過，落在遠處的樹林裡。

「喔！」船長說，「沒打中！你們已經沒多少炮彈啦，小子啊。」

第二發炮瞄得準了一點，炮彈落在木寨裡，揚起一大片沙，但也沒造成什麼損失。

「船長，」地主說，「船上是看不見木屋的，他們一定是瞄著旗子。把它拿下來是不是好一點？」

「降我的旗！」船長喊，「不，先生，我不做。」他說這話的時候我覺得我們大家都同意他，因為這不僅是一分勇敢頑強、海上男子漢氣概、榮耀感，還是一個好策略，讓我們的敵人看到我們不怕他們的炮擊。

晚上他們一直在開炮。炮彈一顆接一顆，打得不是太遠就是太近，偶爾也在柵欄裡激起一些沙子，但是由於他們必須朝很高的地方開炮，所以炮彈落下來都是啞的，自己埋進了軟軟的沙裡。我們不用怕落地後的炮彈，雖然有一顆穿過木屋頂跳了進來又滾過地板從門口出去了，我們很快就對這樣的把戲習以為常，覺得那也不比板球更值得在意。

「這裡面有一點好處，」船長說，「我們前面的樹林裡好像沒人了。潮退了，我們的東西應該露出來了。有誰願意去拿豬肉乾嗎？」

格雷和杭特最先站出來。他們全副武裝，偷偷溜出木寨，結果卻無功而返。叛變者比我們想像的要大膽，抑或是他們非常信任伊斯瑞爾的炮術。他們四五個人正過水把我們的貨物搬到旁邊的一條小艇上，小艇上有人不停地划著槳來讓它頂住流水留在原處。希爾佛坐在艇尾指揮著，他們每個人這時都配備了一枝火槍，是從某個他們自己的祕密軍火庫裡拿出來的。

船長坐下來寫航海日記，是這樣開頭的：

亞歷山大．史莫列特，船長；大衛．利夫西，船醫；亞伯拉罕．格雷，船隻維護；約翰．崔勞尼，船主；約翰．杭特與理查．喬伊斯，船主的隨從，非海員——以上是忠於職守的全部船員——帶著勉強能維持十天的口糧，於今日上岸，在金銀島的木屋上升起英國國旗。湯瑪斯．雷德路斯，船主的隨從，非海員，被叛變者槍殺；吉姆．霍金斯，服務生——

此時此刻，我正在為可憐的吉姆・霍金斯的命運而憂慮。

從陸地那邊傳來一聲呼喚。

「有人在喊我們。」在守衛的杭特說。

「醫生！地主！船長！喂，杭特，是你嗎？」那人喊道。

我跑到門口就看見了吉姆・霍金斯，平平安安完好無損地從柵欄外面爬了進來。

19

由吉姆．霍金斯講述：守衛木寨的人們

班．葛恩一看見國旗就停下來拉住我臂膀，並坐了下來。

「好了，」他說，「那是你朋友，錯不了。」

「更可能是叛變的水手呢。」我說。

「不可能！」他叫起來，「你看，像這種除了冒險家沒人會來的地方，希爾佛毫無疑問會升骷髏旗的。不，那是你朋友。剛才那裡打過了，我估計你朋友占了上風，他們上岸進了老木寨，那是佛林特很多很多年以前造的。啊，佛林特，他真是腦筋好！除了酒，就沒人是他的對手。他天不怕地不怕，只怕希爾佛——希爾佛裝模作樣的。」

「好吧，」我說，「大概是這樣吧，既然這樣，我更應該趕快去跟我朋友在一起啊。」

「別著急啊，朋友，」班說，「不是說你。你是個好孩子，如果我沒看錯的話。但怎麼說你都只是個小孩。你看，班．葛恩是個機靈人，蘭姆酒不能騙我跟你去——酒不行，除非我見到你那位紳士，聽到他對我保證。你別忘了我的話：『傾慕（你要說這個詞），傾慕有加』——然後掐他一把。」

然後他掐了我第三次，又是同樣一副狡黠的表情。

「如果他要見班．葛恩，你知道到哪裡去找，吉姆，就在你今天找到我的地方。他來的時候手裡要拿個白色的東西，要一個人來。哦！你還要說：『班．葛恩是有他的原因的。』你說。」

「好吧，」我說，「我想我理解。你有線索要提供給我們，你想見地主或醫生，想找你就去我遇到你的地方。還有嗎？」

「還有什麼時候？你說，」他補充說，「要不，從中午到鐘敲六下。」

「好，」我說，「那我能去了嗎？」

「你不會忘了吧？」他不放心地問，「傾慕，有他的原因，你得說，他有他的原因，這是最關鍵的，你要說得認真嚴肅點。好吧，就這樣」——他還是抓著我——「我覺得你大概能去了吧，吉姆。還有，吉姆，如果你看到希爾佛，你不會出賣班．葛恩吧？就算野馬拖著你也不會吧？『不會』，你說呀。如果那幫海盜在岸上紮營，吉姆，有人明天早上就會變寡婦，你信不信？」

他說到這裡，一聲巨響打斷了他，一顆炮彈從樹林穿過，落在沙地上，離我們兩個說話的地方不到一百碼。我們兩個立刻朝不同的方向跑。

接下來的一個小時裡，炮聲一直震撼著海島，炮彈不斷飛過樹林。我從一個掩蔽處跑到另一個掩蔽處，一直被追著似的，這些可怕的炮彈彷彿能看見我一樣。炮擊快結束的時候雖然我還是不敢往木寨那邊跑，因為那邊炮彈掉得最多，但是我開始有點鼓起勇氣來，往東迂迴了一大圈，然後悄悄溜進了岸邊樹林裡。

太陽剛剛落下，海風輕拂，樹葉沙沙作響，錨地的灰色水面也泛起漣漪。潮退得遠遠的，露出大片沙灘。白天的炎熱之後，冷颼颼的空氣滲透進了我的外套。

「伊斯帕尼奧拉」號還停在它下錨的地方，但是，骷髏旗——海盜的黑色旗幟——赫然飄揚在頂上。就在我看的時候，船上紅光一閃，又是一聲炮響，其他東西也跟著亂糟糟地震響，又一顆圓炮彈呼嘯著破空而去。那是最後一發炮。

我在地上趴了一會兒，看他們忙忙碌碌，接著要做什麼。有人在用斧頭砍木寨附近海灘上的什麼東西——我後來發現是那條可憐的小船。遠處，河的入海口，樹林裡點起一堆巨大的營火，在那裡和大船之間有一條小艇在來來回回，那些我之前見著臉色陰沉的人，邊划船邊嚷嚷，像小孩一樣。不過從他們的聲音裡能聽出來蘭姆酒產生了作用。

最後我覺得我可以轉向木寨去了。我現在是在一個往海裡伸了很遠的沙尖嘴上，它向東環抱著錨地，水面下一部分一直連到骷髏島，這時我站起身，看見沙尖嘴再過去一點距離，有一座孤伶伶的岩壁矗立在矮樹叢中，很高，顏色異常白。我猛地想起這可能就是班·葛恩說過的白色的大石頭，說不定哪天會需要一條小船，我就知道要去哪裡找了。

然後我就穿過樹林，一直走到木寨後方，也就是靠海的那一邊，馬上受到那些好人們的熱烈歡迎。

我很快把我經歷的事說了一遍，然後就打量起四周來。這座木屋是用沒有鋸方的松樹樹幹造的——屋頂、牆、地板都是。地板有幾個地方高出沙地表面一英尺或一英尺半。門口有個門廊，門廊下面有一股小泉冒出來，流進一個形狀很怪的人工蓄水池裡——那是一個大船上的大鐵水壺，底被敲掉了，埋在沙裡，埋到用船長的話說是「它的把柄根子」的地方。

這座房子只有屋架子，幾乎空空如也，只有在一個角落裡有塊用來當爐床的石板，還有一只用來在裡面燒火的生鏽的舊鐵桶。

小山坡上和柵欄裡面的樹都被砍光用來造房子了，我們從殘留的樹樁可以看出多好多繁茂的一片樹林被毀掉了。樹被砍光後大部分的泥土都被雨水沖走或被流沙覆蓋了，只有從鐵壺裡溢出來的小細流經過的地方長著的厚厚的苔蘚、一些蕨類植物和一點貼地蔓生的灌木，是沙地裡的綠色。靠木寨很近的地方——他們說太近了，不利於防守——樹木仍然長得又高又密，陸地那邊全是樅樹，但朝海那邊雜生著許多長青櫟。

我說過的夜晚的冷風嗖嗖地從這座簡陋建築的每條縫隙鑽進來，不斷往地板上下雨般地灑細沙子。沙子在我們的眼睛裡、嘴裡、晚飯裡，在水壺底的泉水裡跳舞，活像開始滾了的麥片粥。我們的煙囪是房頂上的一個方洞，只有一小部分煙能從那裡出去，其餘的都在屋裡轉，我們被熏得一直在咳嗽、流眼淚。

除此之外，那個新加入的格雷臉上還綁著繃帶，因為他要脫離叛變者們的時候被砍了一刀。還有可憐的老湯姆．雷德路斯，還沒下葬，躺在牆邊，直挺挺的，蓋著國旗。

如果任憑我們這樣閒坐下去，我們大家都會陷入低落的情緒，但是史莫列特船長是不會讓這種事發生的。他把所有人叫到面前，把我們分成兩組輪流守衛。醫生、格雷和我一組，地主、杭特和喬伊斯一組。雖然我們都很累了，還是有兩個人被派出去拾柴火，另外兩個去給雷德路斯挖一個墓坑，醫生被點名做飯，我去門口放哨，船長本人則走來走去，為我們打氣，如果有人需要的話也會伸出援手。

醫生時不時到門口來呼吸新鮮空氣，休息一下被熏得睜不開的眼睛，他來的時候就跟我說說話。

「史莫列特那個人，」有一次他說，「比我強。我說這話是有根據的，吉姆。」

又有一次他過來，沉默了一會兒。然後歪著頭，看著我。

「班．葛恩信得過嗎？」他問。

「我不知道，先生，」我說，「我不知道他腦子正不正常。」

「這確實不好說，」醫生說，「一個人在荒島上啃了三年指甲，吉姆，不能指望他表現得像你和我這麼神志正常。你說他很想吃乳酪？」

「是啊，先生，乳酪。」我答道。

「好，吉姆，」他說，「你看對自己的食物講究點是有好處的。你見過我的鼻菸盒對不對？但你從來沒看見我吸鼻菸吧，那是因為我鼻菸盒裡裝的是一塊帕瑪森乾酪——一塊義大利產的乳酪，很營養的。所以，拿去給班．葛恩吧！」

吃晚飯前我們把老湯姆埋進沙地，脫帽圍著他在風裡站了一會兒。已經搬了一大堆木柴來了，但還沒達到船長理想的量，他看了看，搖搖頭，對我們說，我們「明天還要再加把勁再去多找一些」。接著，我們吃豬肉乾、每人喝著一杯又好又烈的白蘭地格洛格酒的時候，三位領頭人一起在角落裡討論我們接下來該怎麼辦。

他們好像一籌莫展了，食物太少了，支援還要很久很久才會來，在那之前我們早就已經餓得投降了。有一點是肯定的，我們最大的希望，就是殺掉那些海盜，直到他們要麼降旗投降，要麼坐「伊斯帕尼奧拉」號逃跑。他們已經從十九個人減少到十五個人了，還有兩個受了傷，如果他們沒死的話。我們每一次跟他們交手都要萬分小心、保住自己的命。另外，我們還有兩個幫手——蘭姆酒和氣候。

說到前者，儘管我們在半英里外，都能聽到他們又鬧又唱到深夜。至於後者，醫生用他的一世英名來打賭，他們這樣在濕地上宿營，又沒有防治措施和藥品，一個星期之內就會有一半的人病倒。

「所以，」他又說，「如果我們都沒有先被殺掉，他們會很高興坐大船跑的。它好歹是條船，他們可以再去做海盜，我想。」

「我這輩子丟的第一條船。」史莫列特船長說。

你能想像，我累得要命。躺下後絲毫也沒有翻來覆去，直接睡得像木頭一樣沉。

第二天我被一陣嘈雜聲吵醒的時候，其他人早就已經起來、吃了早飯，又弄來了比昨天多一半的柴火。

「白旗！」我聽見一個人說，緊接著是一聲驚呼：「希爾佛親自來了！」

聽到這個，我跳了起來，揉了揉眼睛，跑到牆上槍眼前。

20

希爾佛來談判

果然，木寨外面有兩個人，其中一個揮著一塊白布，另一個就是希爾佛本人，他平靜地站著。

天還很早，這是我出海以來最冷的一個早晨，寒意沁入骨髓。頭頂上的天空明亮無雲，樹梢被太陽映紅，但希爾佛和他的手下站的地方還是一片陰影，膝蓋以下淹沒在從夜晚沼澤中彌漫出來的低低的白色霧氣裡。寒冷與潮氣一起講述著這個島淒涼的原因，這是個潮濕的、容易染上黃熱病的、妨害健康的地方。

「大家別輕舉妄動，」船長說，「八成有詐。」

然後他朝海盜喊話：

「來的是誰？站住，不然開槍了。」

「帶白旗來的。」希爾佛喊。

船長在門廊裡，非常小心地站在誰要打冷槍也打不到的地方。他轉過來對我們說：

「醫生一組在槍眼守著，利夫西醫生請你守北面，吉姆東面，格雷西面。其他所有人去裝子彈。打起精神，大家，小心點。」

接著他又轉向叛變者。

「你帶著白旗來是想要做什麼？」他喊。

這次是另一個人回答說：

「先生，希爾佛船長想來談判。」他叫道。

「希爾佛船長！我不認識。他是誰？」船長喊。接著我們聽見他又自言自語說：「船長嗎？乖乖，升職了！」

高腳約翰自己開口說：

「是我，先生。你們棄船走了以後，這些可憐的小夥子們選了我當船長，先生。」他在說「棄船走」的時候特別加重了語氣。「如果我們能談得來，我們願意歸順，說一不二。史莫列特船長，我只想聽你保證讓我平平安地離開木寨，不要在我還沒走出射程就開槍。」

「老兄，」史莫列特船長說，「我一點也不想跟你講話。如果你想跟我說什麼你就來，就這樣。要放冷槍也是你們那邊做的，老天保佑你吧。」

「這就夠了，船長，」高腳約翰高興地喊，「有你這句話我就放心了。我知道你們紳士說到做到。」

我們看見那個拿著白旗的人想要把希爾佛拉回去，那也不奇怪，因為船長的口氣是很不客氣。但希爾佛對他放聲大笑，還拍了拍他的背，就像是說他多慮了。然後他就走到木寨跟前，把枴杖扔了進來，再跨上獨腳，又有力氣又有技巧地成功翻過柵欄，平安地跳到地上。

我要承認我太關注眼前發生的事，完全沒當好哨兵，而是已經離開了東面的槍眼，悄悄來到船長身後。他坐在門檻上，手肘撐在膝上，雙手托著頭，眼睛盯著從沙地裡的舊鐵水壺裡汩汩冒出來的水，一邊自己吹著〈來吧，年輕的少男少女〉的調子。

希爾佛費了很大的勁才爬上小山丘，坡太陡、樹椿太密、沙太軟，他和他的枴杖像一條停著的船那樣使不上力氣，但他使盡全力爬了上來，到船長面前，行了個最帥氣的禮。他盡力打扮了一番，一件巨大的帶銅釦子的藍色外套蓋到膝蓋，後腦勺上扣著一頂帶精美花邊的帽子。

「你來啦，老兄，」船長抬起頭說，「那坐下吧。」

「你不讓我進去坐嗎，船長？」高腳約翰抱怨說，「這麼冷的早上坐在外面沙子上也太冷啦，先生。」

「吶，希爾佛，」船長說，「如果你願意當個好人，你本來應該坐在船上的走廊裡。這是你自己找的。你不當我船上的廚師——我本來肯定不會虧待你，要當希爾佛船長，就是一個普普通通的叛徒和海盜，然後呢，被絞死！」

「好了好了，船長，」希爾佛說著乖乖坐在沙地上，「也沒別的，到時候你還要拉我起來。你們這裡真好啊。啊，吉姆！早安，吉姆。醫生，早安。你們在一起真挺像快樂的一家人啊。」

「你老兄有話快說。」船長說。

「你說得對，史莫列特船長，」希爾佛說，「該怎麼就怎麼。好吧，現在你看，你們昨晚上做得不錯，我不否認，是做得不錯。你們有幾個人棍棒功夫也不錯。我也不否認我們有的人被打傻了——也許全都被打傻了，說不定我自己也傻了。不過，這就是我為什麼來談。不過你聽好啊，船長，不會再有第二次了，我對天發誓！我們會放好哨，不喝那麼多酒了。有可能你覺得我們全都是醉鬼。但我告訴你我沒喝醉，我就是太累了。要是我早一點醒來，我肯定會抓到你們的，真的。我去看他的時候他還沒死呢，真的。」

「是嗎？」史莫列特船長要多冷靜有多冷靜地說。

希爾佛說的話他全都不知道是什麼意思，但你從他的語氣裡一點也聽不出來。我倒是聽出點頭緒來了。我想起了班．葛恩最後說的話，我猜他在海盜們都醉倒在營火旁的時候去了一次，而且我估計我們只有十四個敵人要對付，真開心。

「好吧，我說，」希爾佛說，「我們想要寶藏，我們會得到它的——這就是我們要的！你們是寧願要命吧，我估計，那就是你們要的。你們有張地圖吧，對不對？」

「可能有吧。」船長說。

「哦，好了我知道你們有，」高腳約翰說，「你不用對人這麼強硬的，對事沒有一點好處，等著瞧吧。我的意思是，我們想要你的地圖，從來沒想過要傷害你們。」

「我不會答應你的，老兄。」船長打斷他說，「我們很清楚你想做什麼，但我們不在乎。現在你看，你也不能怎麼樣。」

船長平靜地看了他一眼，接著往菸斗裡裝菸草。

「如果亞伯．格雷——」希爾佛叫起來。

「得了吧！」史莫列特先生喊，「格雷什麼也沒跟我說，我什麼也沒問他，還有，我想看見你和他和這整個島一起從水裡滾到地獄烈火裡去。這就是我對你們的想法，兄弟們。」

船長發了點脾氣，好讓希爾佛收斂一點。他之前還想狡辯幾句，但現在又調整好情緒。

「有可能吧，」他說，「我隨便你們紳士們怎麼認定是非曲直的。哎，既然你抽開菸了，船長，那我也放肆抽兩口吧。」

他也裝了一斗菸點起來，兩個人靜靜地坐著抽了一會兒菸，一會兒對視，一會兒停下不抽，一會兒又俯身啐一口。看著他們就像在看戲一樣。

「吶，」希爾佛重新開口了，「我說，你給我們藏寶圖，不要再朝可憐的水手們開槍，也別再在他們睡著的時候敲碎他們的腦袋。答應的話，我們讓你們選：要麼等寶藏裝上船以後，你們跟我們一起坐船走，我發誓，以人格擔保，把你們放在什麼安全的地方上岸。或者，你們不想那樣，因為我手下有些人比較暴躁，還有舊帳沒算清，那你們可以留在這裡，真的，我們會把食物分給你們，對半分，我像前面一樣發誓，一遇到船就跟他們說，讓他們來這裡接你們。你看，你必須承認，不可能有比這更好的條件了，真的。我希望，」他提高了聲音，「木屋裡的所有人都聽明白我的話了，因為這也是對大家說的。」

史莫列特船長站起來，把菸斗裡的灰磕在左手掌心。

「說完了嗎？」他問。

「說完了，老天！」約翰回答，「如果不接受，下次就是火槍對著你，不是我了。」

「很好，」船長說，「現在你聽好，如果你們放下武器排著隊到這裡來，我會把你們都銬起來帶回英國接受公正的審判。如果你們不來，我亞歷山大．史莫列特對著國旗發誓會送你們去見海神。你們不可能找到寶藏。你們不可能駕船——你們當中就沒人有開船的本事。你們也打不過我們——格雷，你們五個人也沒攔住他。你們的船動不了，希爾佛船長，你們在背風的海岸，你會發現。我站在這裡告訴你。這也是我最後一次好好跟你說話，因為，我保證，下次看見你一定用子彈打穿你的脊梁骨。老兄，你滾吧，勞駕，連滾帶爬，愈快愈好。」

希爾佛的臉色一會兒青一會兒白，眼冒怒火。他把他菸斗裡的火灰抖掉。

「扶我起來！」他喊。

「不扶。」船長說。

「誰扶我一把？」他吼道。

我們誰也沒動。他不斷低聲咒罵著髒話在沙地上爬，一直爬到門廊邊，抓著門柱撐著枴杖重新站起來，往地上啐了一口。

「吶，」他喊，「你們就是些菸渣。不出一個小時，我就會把你們的老木頭房打得稀巴爛，就像砸蘭姆酒桶一樣。笑吧，媽的，笑！不出一個小時你們就去對鬼笑吧。到時候能死的人，還算他走運。」

他怒罵著跌跌撞撞地走下沙地，試了四五次都失敗以後，還是靠那個舉白旗的人幫忙，他才翻過了柵欄。過了一會兒兩個人就消失在樹林裡。

21
攻擊

當希爾佛消失在視線中，緊盯著他的船長回到屋裡，發現除了格雷，沒人守在他指派的崗位上，我們第一次看見他發火。

「各就各位！」他吼道。我們都溜回自己位置去以後，他說：「格雷，我要把你名字寫到航海日記裡去，你堅守了崗位，是個好水手。崔勞尼先生，你讓我驚訝，先生。醫生，我想你參過軍呀！如果你在豐特諾伊就是這樣服役的，先生，你還是更適合躺在床上。」

醫生一組人都回到了各自的槍眼，其餘的人開始忙著裝填備用火槍的彈藥，每個人都因為那番譏諷而臉紅。

船長默默地看了一會兒，然後開口說：

「兄弟們，」他說，「我剛剛把希爾佛臭罵了一通，就是要激怒他。他說不出一個小時就要來打我們了。我們人比他們少，這不用我說了，但我們有掩護，而且一分鐘前我應該說我們還是很有作戰紀律的。我一點也不懷疑我們能打贏他們，只要大家好好做。」

接著他四處巡視了一遍，隨即看到，就像他說，都穩妥了。

房子的短邊——東面和西面——只有兩個槍眼，有門廊的南面也只有兩個，但在北面有五個。我們七個人一共有二十枝火槍。我們把柴火壘成四堆——你也可以說是四個檯子——放在每面牆的當中位置，每個檯子上都放著彈藥和四枝裝了彈藥的火槍，防守的人可以隨時拿來用，屋子中央放了一圈彎刀。

「把火滅了，」船長說，「寒氣退了，我們不能再被煙熏眼睛了。」

崔勞尼先生把鐵火桶整個拿到外面，把沒燒完的木塊悶熄在沙裡。

「霍金斯還沒吃早飯。霍金斯，你自己拿點東西回崗位上去吃，」史莫列特船長接著說，「抓緊點，孩子。杭特，給每個人倒杯白蘭地吧。」

我們做著這些事的時候，船長就完全沉浸在考慮防守計畫的思緒中。

「醫生，你就守著門，」他又重新開口說，「看著，但不要暴露你自己，人躲好，穿過門廊射擊。杭特，守著西邊，那裡。喬伊斯，兄弟你在西邊準備著。崔勞尼先生，你槍法最好——你和格雷守著最長的北邊，五個槍眼，那邊最危險。萬一他們衝過來從那裡往我們裡面開槍就慘了。霍金斯，我們都不太會射擊，我們就在旁邊裝子彈、當幫手。」

就像船長說的，寒氣散了，太陽一爬到我們的樹梢頂上，就把它全部的熱量撒在空地上，一口氣把霧氣都吸光了。很快沙子就發燙了，木屋柱子上的樹脂開始融化。夾克和外套都穿不住了，襯衫領子也敞開了，袖子捲到了肩膀上，我們每個人站在崗位上，又熱又心焦。

一個小時過去了。

「該死的！」船長說，「悶死人了。格雷，吹個口哨招點風來吧。」

就在這時有了進攻的第一個消息。

「請問，先生，」喬伊斯說，「如果我看見人要不要開槍？」

「我就是叫你開槍啊！」船長喊。

「好的，先生。」喬伊斯仍然彬彬有禮地回答。

接下來一會兒什麼事也沒有，但剛才的話讓我們都緊張起來，豎起耳朵、睜大眼睛——槍手們端平了擱在槍眼上的火槍，船長站在木屋中央，嘴唇緊閉，眉頭深鎖。

幾秒鐘之後，喬伊斯突然舉槍開了一槍。餘音未落，回敬的槍聲接踵而至，連珠炮似的，從柵欄的四面八方打來。一些子彈打在木屋牆上，但沒打進來，等到硝煙散開，木寨和它周圍的樹林又變得像之前一樣平靜和空蕩蕩的。沒有一根樹枝晃動，沒有一點槍眼的閃光洩露敵人的形跡。

「你打中人了嗎？」船長問。

「沒有，先生，」喬伊斯答道，「我覺得沒有。」

「你說實話也挺好的，」船長嘀咕說，「給他裝子彈，霍金斯。你那邊他們開了幾槍，醫生？」

「我知道得很清楚，」利夫西醫生說，「這邊三槍。我看見三個火光——兩個在一起很近，還有一個在西邊遠一點。」「三槍！」船長重複了一遍，「你那邊幾槍，崔勞尼先生？」

但這不好說。北邊來了許多人，地主數出來七槍，但格雷說有八或九槍。東西兩邊只有一槍。因此，顯然進攻從北邊過來，其他三面打的槍只是虛張聲勢擾亂我們。但史莫列特船長沒有改變原來的部署。他解釋說，如果叛變者成功越過柵欄，他們就會去占據那些沒人守的槍眼，像射殺老鼠一樣把我們打死在我們自己的堡壘裡。

不過，我們也沒時間多想了。突然隨著一陣吶喊，一小群海盜從北邊的樹林裡跳出來，筆直向木寨衝來。同時，樹林裡又開火了，一顆子彈嗖地穿門而入，把醫生的火槍打裂了。

海盜們像一群猴子一樣一窩蜂地翻過柵欄。地主和格雷一槍接一槍地開，有三個人倒了，一個摔在柵欄裡，兩個向後倒摔在了外面，但有一個人顯然是被嚇的，而不是受了傷，因為他一骨碌就又站了起來，立即消失在樹林裡。

兩個死了，一個溜了，四個成功突破我們的防守，同時樹林裡還躲著七八個，每個都有幾枝槍，不斷朝木屋進行猛烈卻無效的射擊。

那四個已經翻進來的邊喊邊朝木屋直跑過來，樹林裡的人也回應著吶喊助威。我們開了幾槍，但射擊得太匆忙，沒打中人。轉眼間，四個海盜已經衝上沙丘，朝我們撲來。

水手長約伯．安德森的頭出現在中間的一個槍眼外。

「打死他們！兄弟們，上啊！」他大吼道。

同時，另一個海盜抓住杭特的槍管，從他手裡猛地一拉，從槍眼把槍奪走，還狠狠砸了他一下，可憐的杭特被打暈倒地，失去了知覺。第三個沒受傷的海盜則繞著木屋跑了一圈，突然出現在門口，舉起彎刀砍向醫生。

我們的處境完全顛倒過來了，之前我們在庇護下朝暴露著的敵人開火，現在我們沒遮擋物了，也無法還手。

木屋裡滿是硝煙，有煙我們還比較安全一點。我耳邊是叫喊與混亂，火光和手槍聲，還有一聲很響的慘叫。

「出去，弟兄們，出去，跟他們在空曠的地方打！拚刀！」船長喊。

我從柴堆上拿起彎刀，有人同時也在拿另一把彎刀，在我指關節上劃了一道，但我沒怎麼感覺到疼。我從門口衝出去來到明亮的陽光裡。有人緊跟在我後面，我不知道是誰。就在前面，醫生在追剛才攻擊他的人下小山，我看到的時候，他已經打掉了對方的刀，把他打得仰面倒在地上，臉上有一道很長的口。

「繞到房子後面去，兄弟們！繞到後面去！」船長喊。即使在騷亂中，我還是察覺到他聲音有變。

我機械地服從了命令，轉向東邊，舉著彎刀轉過屋角，結果迎面撞上了安德森。他大吼一聲，把彎刀舉過頭頂，刀身在陽光下閃著寒光。我來不及害怕，就在他舉刀未砍之際往旁邊一跳，雙腳陷進柔軟的沙子裡，順著斜坡滾了下去。

當我第一個衝出門去的時候，其他的叛變者們已經一起衝上柵欄，要來殺掉我們了。有個人戴著一頂紅睡帽，嘴裡咬著短刀，已經爬到頂上，跨進了一腳。然而，隔了一瞬間，我站起身，那個戴紅帽的傢伙仍然騎在柵欄頂上，另一個海盜還是剛從柵欄上方露出頭，然而就在電光火石間，戰鬥已經結束了，我們贏了。

格雷，緊跟在我後面，趁大個子水手長一刀砍空還來不及再舉起刀時砍倒了他。另一個朝木屋裡開槍的人也在槍眼邊被射倒，痛苦地躺著，手槍還在他手裡冒著煙。至於我剛才看見的第三個，醫生已經結束了他。進了柵欄的人裡還有一個活著，他把彎刀扔到了地上，因為怕死，正爬出去。

「開槍——從木屋裡開槍！」醫生喊，「大家回到木屋裡去！」

但是大家沒注意他的話，沒人開槍，最後那個人命大地跑了，和其他人一起消失在樹林裡。三秒內，進攻的人無影無蹤，除了五個倒下的，四個在柵欄裡，一個在外面。

醫生、格雷和我全速跑回木屋。其他海盜可能會馬上回來拿他們丟下的槍，所以槍聲可能隨時會再響起。

這時木屋裡的煙霧已經散開，我們一眼就看見我們這場勝利付出的代價：杭特倒在他的槍眼邊，不省人事；喬伊斯的頭被擊中，再也不會動了；就在屋子中央，地主扶著船長，兩個人臉色都很蒼白。

「船長受傷了。」崔勞尼先生說。

「他們跑了嗎？」史莫列特先生問。

「能跑的都跑了，你放心，」醫生說，「還有五個永遠跑不了。」

「五個！」船長說，「嘿，滿好。他們五個，我們三個，那我們就是四對九了。這比一開始的時候好多了。那時是七對十九，想想那種情況，太難打了。」

第五部

我的海上冒險

MY SEA ADVENTURE

22

我的海上冒險是怎麼開始的

沒有叛變者回來——樹林裡沒再傳出槍聲。他們「已經得到了當天的量」，就像船長說的，於是我們也能從容照顧傷患和吃飯了。地主和我不顧危險在外面做飯，因為屋裡的傷患們大聲哀號著，讓人揪心、聽不下去，但即使在外面還是會聽到。

這場戰鬥中一共倒下八個人，其中只有三個人還活著——在槍眼邊被打中的海盜、杭特，還有史莫列特船長，前兩個人已經奄奄一息，那個海盜，結果死在了醫生的手術刀下，杭特我們盡了全力搶救，但實在沒能醒來，他拖了一整天，大聲喘息，就像我家旅店裡那個中風的老海盜那樣，他的胸肋被打斷，跌倒時又把顱骨摔破了，到了晚上，他無聲無息地見上帝去了。

至於船長，他的傷也著實重，但沒生命危險，內臟沒有致命傷。他先是被安德森打中，子彈打碎他的肩胛骨並擦到了肺，但還好，第二槍打掉了小腿肚上的一點肉。醫生說他肯定能康復，但是眼下和接下來幾個星期裡他不能走也不能動手臂，還要盡量少說話。

我自己不小心在指關節上割了一道，是個微不足道的小傷。利夫西醫生幫我貼上膏藥，又扯了扯我的耳朵安慰我一下。

午飯後，地主和醫生坐在船長旁邊商量了一會兒，他們說完想法以後剛過正午，醫生拿起他的帽子和手槍，腰上掛了一把彎刀，把地圖揣進口袋，背了一枝火槍，翻過北面的木柵，敏捷地消失在樹林裡。

格雷和我一起坐在木屋的另一頭，沒能聽見我們長官們的商議，格雷看見醫生出去了，驚訝得從嘴裡拿出菸斗就忘了再抽了。

「啊，天哪，」他說，「利夫西醫生瘋了嗎？」

「呃，不會的，」我說，「他是我們裡面腦袋最清楚的人，我覺得。」

「好吧，小朋友，」格雷說，「他大概沒瘋，但是如果照你說，他沒瘋，那就是我瘋啦。」

「我覺得，」我說，「醫生有他的打算，如果我猜得沒錯，他現在是去找班・葛恩。」

後來證明，我猜對了。但是在那當下，屋裡悶熱得要命，木柵裡的一小片沙地被正午的太陽烤得要燒起來了，我腦裡開始有另一個念頭，這個念頭很難說有什麼道理。我一開始是羨慕醫生，能走在陰涼的樹蔭裡，聽著周圍的鳥叫，聞著好聞的松樹的味道，而我像坐在爐子上一樣，衣服都被熱樹脂黏住了，周圍都是血，那麼多可憐的死屍躺在旁邊，我對這個地方的厭惡和恐懼一樣強烈。

我一直在沖刷木屋，然後洗刷做飯吃飯的事，噁心和羨慕感愈來愈強烈，最後，我在麵包袋旁邊，沒人注意到我，我做了準備溜出去的第一步，就是把我外套口袋裡塞滿了餅乾。

你說我是傻，我也確實要冒冒失失地去做件傻事。但我決定盡量做足準備。如果說會碰到什麼事，這些餅乾至少可以讓我兩天內不會挨餓。

接著我又拿了兩把手槍，因為我已經有了一筒火藥和一些子彈，我覺得自己已經全副武裝了。

至於我腦袋裡的計畫，本身並不壞。我想到那個從東面把錨地和大海隔開的沙尖嘴那裡，去找我昨天傍晚看見的白色岩石，然後看看那裡是不是班・葛恩藏小船的地方。我至今相信這事值得一做，但我知道他們肯定不會讓我離開木寨的，我唯一的辦法就是不告而別，趁沒人注意的時候溜出去，這種做法實在不好，把好事也變成錯的了。但我只是個小毛孩，想做就做了。

好了，像事情最後變成的那樣，我找到了一個很好的機會。地主和格雷忙著幫船長換繃帶，沒人會發現我，我迅速翻過木柵，鑽進了密林中，等到我的同伴們發現我不見的時候已經喊不到我了。

這是我第二次做傻事，比第一次更草率，因為我走了就只剩兩個沒受傷的人守衛木屋。不過像第一次一樣，這次我又幫了大家的大忙。

我逕自往島的東岸跑。我打算沿著沙尖嘴靠海的一面走，以免被錨地那邊的人注意到。天色已經有點晚了，但太陽還沒下山，還很溫暖。當我穿行在高大的樹木之間時，我不只能聽見海浪不斷轟鳴，還有樹葉唰唰搖晃、大樹枝嘎嘎作響，這些都表明今天海上的風比往常大。很快，涼風陣陣襲來，我又往前走幾步，到了樹林邊緣的一片開闊地，看見海藍藍地鋪展在眼前，陽光一直照到海平線上，海浪拍打在海岸，翻攪起許多泡沫。

我從來沒見過金銀島周圍的海如此平靜過。烈日當頭，海上沒有一絲風，蔚藍的海面平滑無波，但整個海岸線上仍然波濤滾滾，日夜喧嚷。我想島上很難找到一塊聽不見濤聲的地方。

我沿著岸邊走，心情很愉快，直到我覺得已經朝南走得夠遠了，才在茂密樹叢的掩蔽下小心翼翼地爬上沙尖嘴隆起的脊梁。

我背後是海，前方是錨地。剛才還比以往吹得猛烈的海風這時用完了力氣，止住了。輕輕的、變化不定的氣流從南邊和東南邊飄來，帶著大團的霧，而在骷髏島下風處的錨地像我們初次進入時那樣平靜而沉悶。「伊斯帕尼奧拉」號在鏡子般平靜的水中，從桅頂到吃水線，還有頂上掛的海盜旗，都倒映得清晰如畫。

旁邊停著一艘小艇，艇尾是希爾佛——我永遠認得出他——還有兩個人倚靠在大船船尾舷牆上，其中一個戴著一頂紅帽子——就是幾個小時前我看見的跨在柵欄頂上的壞蛋。他們像是在交談和大笑，不過距離太遠了——有一英里多——他們說什麼我一個字也聽不見。突然，那邊響起一聲非常恐怖、不像是這個世界上的人發出的尖叫聲，一開始真把我嚇了一大跳，但我很快想起了「佛林特船長」的聲音，甚至覺得那隻鳥棲息在牠主人的手腕上時我也能憑牠光亮的羽毛認出牠來。

不一會兒，小船離開大船划向岸邊，戴紅帽子的人和他的同夥則從客艙升降口下去了。

就在這時，太陽從望遠鏡山後面落了下去，而霧很快聚了起來，天很快就暗了。我發現如果我今天晚上想找到小船，就要抓緊時間了。

露出在灌木叢上面的白岩石，在沙尖嘴過去，還有大約八分之一英里遠的地方。我花了點時間，時不時手腳並用，穿過那些硬葉子矮樹叢，當我摸到它粗糙的表面時，夜晚差不多降臨了。在它下面，有一個非常小的長滿草的凹洞，被岸和許多高到膝蓋的茂密的矮樹擋著，在那個小凹地中央，果然有一頂山羊皮做的小帳篷，就像在英國流浪的吉普賽人用的那種。

我跳到那個凹洞裡，掀開帳篷一角，裡面是班·葛恩的小船——簡陋得不能再簡陋，用硬木做了一個粗糙的斜底框架，上面鋪著羊皮，有毛的一面朝裡。這船極其小，哪怕我坐都嫌小，很難想像它能載一個成年人。船裡有塊坐板，放得極低，船頭有塊像踏腳板的東西，還有一支雙葉槳用來划。

我以前沒見過古代不列顛人做的小船，不過這次我見到了，我跟你說，班·葛恩的這條船就像是人類製造的最早最簡陋的小船，不過它當然也有一個巨大的優點：它非常輕，很好搬動。

好了，現在我找到小船了，你會想，我已經溜出來夠長時間了吧，可是就在這時我又有一個新的想法，而且就是很喜歡它，不管史莫列特船長是不是反對，我都要去付諸行動。我想的是趁著夜色划小船去割斷「伊斯帕尼奧拉」號的纜繩，讓它漂到岸邊。我覺得叛變者們早上被打退以後，最想做的肯定就是起錨出海，我想如果能不讓他們逃走會是件好事，況且現在也沒為看守大船的人留條小船，我覺得這樣做起來也不會有多少風險。

我坐下來等待天黑，飽餐了一頓餅乾。今晚真是千載難逢的時機，霧遮蔽了整個天空，當落日的最後一絲餘暉消失在天邊後，黑暗降臨了金銀島。我終於肩扛小船摸黑跌跌撞撞地走出凹地，整個錨地只有兩個地方是有亮光的。

一處是岸上有一堆營火，吃了敗仗的海盜們在沼澤地裡飲酒作樂，另一處只在黑暗中發出微光，指示著停泊著的大船的位置。船身在退潮時轉了個方向，現在船頭對著我，船上唯一的燈光在客艙裡，我看到的只是從船尾窗戶流出去的光映在了霧裡。

潮已經退了一會兒，我要扛過一條很長的濕沙灘，齊膝陷到泥沙裡好幾次，才走到了退去中的水邊。我再往海裡走了幾步，用點力氣，把小船放到水面上。

23

潮水急退

這艘小船——就像我還沒坐上去的時候就能確定的一樣——對我這樣身高體重的人來說非常安全，在海上能浮起來，又很靈活，但它也特別難控制，老是往一邊偏。無論你怎麼擺弄，它總是往下風處漂，而且它最會的就是不停地打轉。班·葛恩他自己也說它「很難弄，你得多摸索一下」。

我顯然還沒摸索清楚。它到處轉向，就是不往我要去的方向轉。在大部分時間裡，船身是朝一邊歪的。如果沒有潮水幫忙，我肯定永遠去不了大船那裡。幸運的是，只要我用力划，海潮就會把我往深處帶，「伊斯帕尼奧拉」號就橫在正前方，不可能錯過它。

它一開始赫然出現在我眼前時，是一團比黑暗還要黑的什麼東西，然後它的桅杆和船身開始顯現了形狀，再接下來，我眼看著（愈往前進，退潮的水流就愈急）就到了它的纜繩邊，抓住了纜繩。

纜繩繃得像弓弦一樣緊——因為它被錨牢牢拉著。黑暗中，湧動的水流在船身四周像小山溪般汩汩作響。只要我用水手折刀一砍，「伊斯帕尼奥拉」號就會被潮水沖出去。

到現在為止，一切都還不錯，但是我突然想起來：一根繃緊的繩子一下子被割斷，就像一匹亂蹬亂踢著的馬一樣危險。如果我真的蠢到把錨纜割斷了，我和這條小船十之八九會被撞翻沉海。

於是我停住了。要不是幸運之神再次眷顧，我就不得不放棄我的打算了。可是原來從東南方和南方吹來的微風，在入夜後慢慢轉成了西南風。我正思索著，就一陣風吹來，托住了「伊斯帕尼奥拉」號，把它往逆流裡推，我樂極了，因為我感到手裡的纜繩鬆了一下，我握著纜繩的這隻手也浸到水裡去了一下。

我當機立斷，掏出折刀，用牙咬著打開，然後把錨纜一股一股割斷，最後只剩兩股拉著大船，我停下來靜候下一陣海風吹來使纜繩再鬆弛一點的時候再割。

這段時間裡我一直聽到客艙裡有人在大聲說話，不過說真的，我的心思完全在別的事情上，所以我基本上什麼也沒聽到。現在我沒事做了，我開始留心聽。

有一個聲音我聽出是舵手伊斯瑞爾．漢茲，以前做過佛林特的炮手的那個，另一個是我的紅睡帽朋友，他們都喝醉了，還在喝，就在我聽著的時候，其中一個人醉喊一聲打開船尾窗扔出來一個東西，我猜是只空酒瓶。他們不光醉醺醺的，顯然還怒氣衝天，罵來罵去猶如對砸冰雹，每每吵到最激烈的時候我覺得他們肯定要打起來了，但結果每次爭吵後都平息了，聲音嘟嘟囔囔低了下去，直到下一次危機到來，然後，又會自己不了了之。

在岸上，我能看到那堆熊熊燃燒的巨大營火隔著沿岸樹林透出來的紅光。有人在唱一首低沉、古老、悶聲悶氣的水手歌，每段末尾他聲音都要低下去，唱得發抖，似乎他有的是耐心一直唱下去。我在航行中已經不止一次聽到過這首歌了，我記得有兩句是這樣：

七十五人出海去，
只有一個活回來。

我覺得這首歌這麼悲苦，跟早上慘敗的這群海盜倒是挺配的。不過，實際上我看到的，是所有這些海盜全都像大海一樣冷酷無情。

終於又起風了，縱帆船在黑暗中又悄悄朝我靠近了一點，我感受到纜繩再次鬆弛了，於是用力割斷了最後兩股繩子。

風對小船沒多少影響，但我幾乎立刻被「伊斯帕尼奧拉」號的船頭撞上。與此同時，縱帆船開始以船尾為中心慢慢轉動起來，掉了個頭，橫在水流裡。

我拚命地划槳，因為我每一刻都覺得我要被捲翻了。當我發現我沒法把小船划開時，就直接在大船船尾划。最後我擺脫了這個靠著我的大傢伙可能撞向我的危險，剛划完最後一槳，雙手突然碰到了從大船後舷牆上垂落的一根繩子，於是我立刻抓住了它。

為什麼要這麼做，我也說不上來。一開始只是本能，但我抓住這根繩子以後發現它扯不動，好奇心占了上風，就決定往客艙窗戶裡看一眼。

我雙手交替著往繩子上爬，到我估計自己夠近的時候，就冒著巨大的風險升上去大約半個身體的高度，但只看到客艙的天花板和一角。

這時大船和我的小船正迅速順流而下，我們已經到了營火那邊。用水手的話說，大船大聲嚷嚷著，推起無數波浪和一堆堆亂紛紛的水花。我目光抬過窗臺之前，不懂為什麼守衛沒發出警報。但看一眼就明白了，從那個搖搖晃晃的小船上也只能看這麼一眼，我看見漢茲和他的同夥正掐著彼此的脖子、殊死搏鬥著。

我快要掉下去時及時跳回到小船坐板上。一時間我什麼也看不見，只有那兩張暴怒、漲紅的臉在朦朧的燈光裡晃動，我閉上眼睛，好讓眼睛重新適應黑暗。

那首沒完沒了的歌總算唱到了頭，營火旁那群少了人的海盜們又唱起了那首我再熟悉不過的歌：

十五個人搶死人箱——
唷呵呵，來瓶蘭姆酒！
別人都喝得見閻王——
唷呵呵，來瓶蘭姆酒！

我想著酒與魔鬼正如何在「伊斯帕尼奧拉」號客艙裡忙得不可開交，忽然小船歪向一邊，同時急轉，似乎要改變航向，這時的速度也突然地加快了。

我立即睜開眼睛，周圍全是小小的波浪，泛著些許磷光，嘩嘩地流過。「伊斯帕尼奧拉」號看著也在它的航線裡搖搖晃晃，而我就是在它幾碼外的尾流裡打轉，我看見它的桅杆在黑暗裡顛了一下，不，我又看了看，我能肯定它也在朝西南方轉。

我回頭看了一眼，嚇得心都要跳出來了。營火就在我後面。水流轉往右邊，帶著高高的大船和我跳著舞的小船，愈來愈快，浪花愈濺愈高，嘩嘩聲愈來愈響，穿過狹窄的港灣湧往寬闊的大海。

突然，我前方的大船猛地偏航，轉了大概二十度，也幾乎在同時，船上一個人接著另一個人喊了起來，我能聽見腳步聲「噔噔」地上了升降口梯子，我知道那兩個醉鬼終於驚覺大難臨頭，停止了打鬥。

我趴在倒楣的小船裡，虔誠地向上帝交託我的靈魂。在海峽盡頭，我覺得我們一定會被洶湧巨浪吞沒，在那裡我就一下子什麼麻煩都沒有了，可是，就算我可能不怕死，也無法忍受眼睜睜地看著厄運來臨。

我就那樣在船腹裡趴了幾個小時，不斷被大浪拋來拋去，被飛濺的浪打濕，並一直在擔心下一個大浪會送了我的命，漸漸精疲力竭，在恐慌之中也麻木起來，打起瞌睡，最後竟然睡著了。我躺在不停搖晃的小船裡，夢見了我的家和老本葆將軍旅店。

24

小船之旅

我醒來的時候天已經大亮，我發現我漂蕩在金銀島西南端的海上。太陽已經升起，卻被巨大的望遠鏡山擋住了。望遠鏡山靠海的這邊幾乎傾斜進了海裡，是令人望而生畏的懸崖峭壁。

帆索岬和後桅山就在旁邊，山光禿禿的，黑色，海岬則被四五十英尺高的峭壁和崩落的大塊岩石包圍著。我離岸最多只有四分之一英里，所以我第一個念頭就是划過去上岸。

但我很快打消了這個念頭。浪在落石間撲濺、怒吼，迴響巨大，很重的水霧飛起又落下，此起彼伏，我覺得如果我貿然過去，不是撞死在陡峭的岩石上，不然也會在攀岩時力氣耗盡摔下來。

不僅如此，我還看見一種巨大的黏糊糊的怪物——像軟軟的蝸牛，但不可思議地大——匍匐在平坦的石頭上，或「撲通」一聲跳進海裡，一共有五六十頭，岩石間迴蕩著牠們的叫聲。

我後來才知道牠們是海獅，完全不會傷人。但牠們的樣子，加上海岸那麼難爬、浪那麼急，已經足夠讓我不想登陸了。我覺得我寧可在海上挨餓也不想去冒那個險。

同時，我看到眼前有一個絕佳的好機會。在帆索岬北面，因為退潮，陸地多露出了一片狹長的黃沙灘。這片沙灘北邊又有一個岬角——松林岬，地圖上標注了——長滿了高大蔥郁的松樹，一直長到海邊。

我記得希爾佛說過沿著金銀島的整個西岸有一股從南向北的海流，從我現在的位置看，我已經在它的海流中了，我希望能離開帆索岬，保留一點體力來試著在看起來好一點的松林岬上岸。

海巨大而平穩地湧動著，風從南邊持續而溫和地吹來，和海流的方向一致，因而波浪的起伏平穩柔順。

如果不是那樣，我早就完蛋了，現在這樣，我覺得我這麼單薄一條小船能這麼輕鬆平安地行進，也真叫人驚奇。大多數時候，我就靜靜躺在船裡，只有一隻眼睛高出船舷，我能看見巨大的藍色浪峰高高聳立在我上方，然而小船只是輕輕彈起一下，像是在彈簧上跳舞，又在另一面落入波谷，輕盈得像隻鳥。

我壯起膽子，坐起來試著划槳。但這點點重量的小變化也會讓小船亂動得很厲害，我才動了一下，小船立刻中斷了它輕柔的舞，陡然墜入波谷，讓我一陣頭暈，接著它又一頭栽進下一個浪峰，激得浪花飛濺。

我一下子就濕透了，又慌得要命，連忙又躺回原來的位置，於是小船看起來又恢復正常了，載著我像之前一樣柔和地在波浪裡蕩悠。很明顯，還是不要管它比較好，可是既然我不能左右它的航向，哪還有希望能上岸呢？

我心裡很害怕，但腦袋還一直在轉。首先，我很小心、動作很小地用我的水手帽把船裡的水舀出去，然後又一次把目光投向船舷外，想要弄清楚為什麼小船能安然渡過顛簸。

我發現，每一個浪，不像在岸上或大船甲板上看到的那樣是平滑的大山，實際上是像陸地上綿延起伏的丘陵，有很多山峰、平緩的地方和山谷。小船自己漂蕩的話，就會蕩過來蕩過去，穿行在那些低平的地方，避開那些大起大落的陡坡和高高的、正在坍塌下來的浪尖。

「好吧，」我心想，「所以我還是得躺在這裡，以免破壞平衡。但我可以把槳伸出去，水面平順的時候就划一划，把它往岸邊推一推。」於是我就用手肘支著身體，很費勁地躺著，時不時輕輕划一兩下，讓它頭向岸轉去。

這麼做很累，也很慢，但我還是取得了明顯的進展，當我靠近松林岬時，眼看肯定要漂過頭了，但還是往東靠了幾百碼的。實際上我離岸已經不遠了，我看得見陰涼翠綠的樹枝在微風中搖曳。我覺得等遇到下一個岬角時肯定能靠岸了。

我是該靠岸了，因為我已經感到口渴難當。當頭太陽的照耀，在波浪上反射，增加了幾千倍，海水濺到我臉上又被晒乾，讓我糊了滿嘴的鹽，這些事加在一起使我喉嚨冒煙、腦子疼。近在眼前的樹林，讓我渴望得要命，但是海流很快把我帶過了頭。當又一片海面出現在我眼前時，我又打消了上岸的念頭。

在我正前方，不到半英里，我看見了揚帆行駛著的「伊斯帕尼奧拉」號。我知道我會被它追上的，但我這麼苦惱、想喝淡水，所以真不知道應該是喜是憂。在我得出結論之前，我只顧著驚奇了，只能一個勁瞪大了眼睛吃驚。

「伊斯帕尼奧拉」號上高揚著主帆和三角帆，美麗的白帆在陽光照耀下似雪如銀。我第一眼看到它時，它的帆全都鼓滿了風，在向西北方駛去。我猜船上的人是想繞過海島回錨地去。但不久它愈來愈往西了，於是我想他們看見我了，要來追我。然而最後，它不偏不倚地進了風眼，不進不退，無助地停在那裡，船帆隨風抖動著。

「笨傢伙，」我說，「他們肯定醉得像貓頭鷹一樣了。」我想史莫列特船長會好好給他們好看。

這時，大船又漸漸轉向下風，換了航向，帆又鼓脹起來，全速前進了一兩分鐘，然後又停在風眼裡一動也不動。如此這般重複著。「伊斯帕尼奧拉」號往這裡衝一下，往那裡衝一下，忽左忽右，東南西北亂轉，最後每次都像一開始一樣停住，帆劈里啪啦地空飄著。我這才發覺好像沒人在開船。如果是這樣，那人呢?他們每個人都爛醉了，要不就是離開大船了，我想，如果我能登船，說不定能把船交回到船長手上。

海流正帶著小船和大船以同樣的速度向南漂，但是大船走得很亂，斷斷續續的，停住不動會耽擱挺長一段時間，就算不往後退，也一點都沒往前走。只要我敢坐起來划小船，我覺得我就能追上它。這個構想裡包含的冒險氣息鼓舞了我，再想到前升降口旁的淡水桶，我更是勇氣倍增。

我一坐起來，就被迎面濺了一身水，但這次我下定決心，使出全部力氣，小心謹慎地朝無人駕駛的「伊斯帕尼奧拉」號划去。有一次一個浪撲進來很多水，我不得不停下來往外舀水，心像鳥一樣撲撲抖動著。但我漸漸有點會划了，划著它穿行在波浪間，不時有浪打在船頭，濺起水沫打在我臉上。

我現在正快速划近大船，我已經能看見大船上的舵柄晃動時黃銅閃閃發光，甲板上還是沒有人影。我只能假設海盜們都跑了，或者，他們都喝醉了躺在下面，我也許可以把他們鎖在裡面，然後這條船就是我的了。

有段時間，大船的表現對我來說糟透了：它不轉了，船頭幾乎對著正南方，當然還是晃。每當它方向歪了，風就鼓起一部分帆，這讓它很快又對準了風向。我剛才說這對我來說糟透了，因為它看上去沒人在駕駛，帆被吹得嘩嘩響，滑輪在甲板上軋軋滾動，但它仍然在遠離我，不只是跟隨海流的速度，還有很強的風力在推。

後來我終於等到了一個機會，風停了幾秒鐘，海流推著「伊斯帕尼奧拉」號慢慢轉動，最後船尾對著我了，客艙的窗還是大開著，桌子上方的燈大白天還亮著，主帆像店旗幟一樣垂著，如果沒有海流的推動，它就會完全停下來。

在不久前，我就快要失去信心了，現在我又使出加倍的力氣，再一次追趕上去。

我離大船不到一百碼時風又呼地來了，大船左舷受風，又滑行起來，像燕子般掠過水面。我先是感到失望，但接著就轉憂為喜。大船掉轉船身靠了過來，一面船身對著我，我們之間的距離減了一半，然後三分之二，然後四分之三，我能看見船頭下翻起的白浪。我從低低的小船上望去，它真是非常非常大。

這時我突然意識到一件事。我來不及想，也來不及做點什麼來保護自己。我正在一個浪頭上，而大船正穿過下一個浪向我壓來。船頭的斜桅就在我的頭頂上，我用力跳起來，小船被我踩進了水裡，我一隻手抓住斜桅，一隻腳踩在轉帆索和支索之間，而我掛在半空、大口喘氣的時候，一聲沉悶的撞擊聲告訴我大船已經把小船撞沉，我沒有退路了，只能留在大船上了。

25

我降下了海盜旗

我剛爬到船首斜桅上，三角帆就開炮似的砰地一響，鼓滿了風，轉到另一個方向。大船轉彎的時候上上下下都在震動，但過了一會兒，雖然別的帆還張著，三角帆卻「啪」地翻回來，懶洋洋地垂下來了。

這一震差點讓我掉進海裡，我趕緊順著船首斜桅爬過去，一頭栽在甲板上。

我掉在前甲板背風的一側，主帆仍然大張，遮住了一部分後甲板。沒看見任何一人。甲板從水手叛變以後就沒刷過，上面全是腳印。一個斷了頭的空瓶子在排水口間滾來滾去，像是活物。

突然，「伊斯帕尼奧拉」號又駛進了風裡。我身後的三角帆嘩啦嘩啦地響，船舵砰然撞擊，整個船又震又抖，讓人覺得不妙。與此同時，主帆桁向右旋轉，帆腳索在滑車裡吱吱嘎嘎，下風處的後甲板就暴露在我眼前。

那裡赫然有兩個留守的人：戴紅帽子的人躺著，一動不動，雙臂張開，就像釘在十字架上一樣，嘴巴大開著，看得見牙齒。伊斯瑞爾·漢茲靠著舷牆坐著，低著頭，手攤在身前的甲板上，面色慘白，但本來皮膚黝黑，看起來就像蠟燭一樣。

一時間，大船一直猛烈顛簸，左側右傾，像匹癲狂的馬，帆鼓著風，一下往這一下往那，帆桁來回晃動，主桅在壓力下大聲呻吟。一團團水花不時大聲打在舷壁上，湧起的浪也在船頭撞出巨響。總之，這艘裝備精良的大船鬧得比我那條現在已經葬身海底的無比簡陋的小船還凶。

船每彈起來一下，戴紅帽子的人就左滑右滑，嚇人的是，這麼動來動去，他的姿勢和齜牙咧嘴的表情也沒變。船彈起來的時候，漢茲也坐不住，每次都往下滑一點，癱在了甲板上，腳愈伸愈長，整個身體都往船尾滑去，他的臉一點一點消失在我視野裡，最後除了他的耳朵和一點亂蓬蓬的絡腮鬍，我什麼也看不見了。

與此同時，我注意到在他們兩個周圍的甲板上有深色的斑斑血跡，我開始相信他們在醉酒的盛怒中把彼此殺了。

我正這樣看著想著，船不晃動了，在這時候的平靜中，伊斯瑞爾·漢茲側過半個身體，低哼了一聲，然後扭著背坐回我原來看見他時的姿勢。從那聲哼哼聽得出他很痛苦、極其虛弱，他張著嘴的樣子讓我動了一點惻隱之心。但我一想到我躲在蘋果桶裡聽到的話，惻隱之心就沒了。

我走到主桅杆前停了下來。

「我來報到了，漢茲先生。」我挖苦地說。

他勉強動了一下眼珠，根本沒有表示驚訝的力氣，只說出一個詞：「白蘭地。」

我知道沒時間可以耽誤了，躲過傾斜著掃過甲板的帆桁，我閃到船尾，從升降口梯下到客艙裡。

那幅混亂景象你簡直難以想像。為了找地圖，所有上鎖的地方都被砸開了，地板上有厚厚的泥，因為那幫惡棍踩完營地周圍的沼澤地後，就坐在這裡喝酒或者開會。房間的壁板本來都刷成乾淨的白色，圍著金色的小珠子，現在留了許多髒手印。幾十個空瓶隨著船的搖晃在角落裡撞來撞去叮噹作響。醫生的一本醫學書攤開在桌上，一半的書頁被撕掉了，估計是被用來點菸了。在這一團亂當中，只有一盞飽受菸熏的燈還亮著一種模模糊糊的、焦茶色的光。

我進了儲藏室，所有酒桶都不見了，喝空的酒瓶扔得到處都是，多得驚人。顯然，自從叛變開始，他們就沒有一個人能保持清醒了。

我找了半天，發現一個瓶子裡還有一點可以給漢茲的白蘭地，又為我自己找到一些餅乾、一點醃漬水果、一大把葡萄乾和一塊乳酪。我拿著這些東西回到甲板上，把我那份放在舵柄後面，舵手拿不到的地方，然後走到淡水桶邊大喝特喝之後，才把白蘭地遞給漢茲。

他一口氣至少喝了四分之一品脫，嘴才離開酒瓶。

「哎，」他說，「媽的，我剛才就缺幾口這個！」

我已經坐在我自己的角落裡開始吃東西了。

「傷得厲害嗎？」我問他。

他嘟噥了一聲，聽起來像是狗叫。

「要是那個醫生在船上，」他說，「我只要翻幾個身就好了。但我運氣不好，你看，就弄成了這個樣子。至於那個狗東西，他是死定了，」他指指戴紅帽子的人說，「他根本就不是個堂堂正正的水手。我說你從哪裡冒出來的？」

「嗯，」我說，「我是來接管這條船的，漢茲先生，在沒有接到進一步指示之前請把我當成你的船長。」

他不屑地看著我，但沒說什麼。他的臉恢復了一點血色，但看上去還是很虛弱，船震盪的時候還是坐不住、往下滑。

「還有，」我接著說，「我不要這個旗子，漢茲先生，如果你不反對，我要把它降下來。沒旗子也比掛它好。」

我再次躲開帆桁，跑到升旗的繩索旁邊，把該死的海盜旗降下來，扔進了海裡。

「上帝保佑國王！」我揮著帽子說，「希爾佛船長去見鬼吧！」

他敏銳而狡猾地看著我，下巴一直縮在胸口。

「我想，」他終於開口說，「我想，霍金斯船長，你現在應該想上岸的。我們要不要談談。」

「好啊，」我說，「我很樂意。漢茲先生，你接著說。」我坐回去接著盡情地吃我的飯。

「這個人，」他朝那具屍體輕輕點了點頭說，「他叫歐布萊恩，是個臭愛爾蘭人。我們以前扯帆想把船開回去。好了，現在他死了，死得很慘。誰來開船呢？我不知道。如果我不教你，你不是他，你做不來的。所以你看，你給我吃的喝的，我告訴你怎麼開船，這對大家都好，我覺得。」

「我要告訴你一件事，」我說，「我不要回吉德船長的錨地。我要去北海灣，把船安靜地停在岸邊。」

「沒問題啊，」他叫道，「吶，說到底，我也不是個笨蛋。我明白的很，是吧。我已經拚搏過一回了，真的，結果輸了，現在我聽你的。你要去北海灣？吶，我也沒得選呀！你要我幫你把船開到行刑碼頭，媽的，我也會照辦呀！」

我覺得他說得有點道理，就當場達成了協定。三分鐘以後我就平穩地駕駛著「伊斯帕尼奧拉」號沿著金銀島海岸行駛著，很有希望在中午之前繞過北面的海岬，趕在漲潮前抵達北海灣，安全地沖上淺灘，等到退潮再登岸。

隨後我拴牢舵柄，跑到下面從我自己的箱子裡找出一塊母親給我的柔軟的絲手帕，幫著漢茲包紮好他大腿上仍流著血的傷口。他吃了點東西，又喝了幾口白蘭地，他開始明顯好一點，坐得更直，說話聲也更大、更清晰了，看上去像換了一個人。

風好極了，我們像鳥滑翔著一樣，島的沿岸飛快地閃過，景色每一刻都在變。我們很快駛過高地，又經過點綴著矮松樹的低沙地，很快又把它甩在了身後，繞過了海島最北端岩石山的一角。

我很滿意我新獲得的指揮權，明亮晴朗的天氣和海岸不斷展開變換的景色也讓我開心。現在有的是淡水和好吃的食物，不告而別帶來的深深的內疚，也隨著取得成功而平息下去。只有一件事還讓我覺得有點擔心，就是漢茲帶著狡猾的眼睛總是跟著我在甲板上轉來轉去，他臉上還總帶著一種古怪的笑容。這副笑容裡一方面能看出他又痛苦又虛弱——就是個憔悴老頭的笑容，但除此之外，還帶有一點嘲笑，一絲背叛的陰影，在他狡猾地直盯著我做事的時候。

26

伊斯瑞爾·漢茲

風如我們所願，轉成了西風。我們更容易從島的東北角進入北海灣了。只是因為我們沒有錨，要等潮水猛漲起來才敢讓船沖灘，我們花了很多時間。漢茲告訴我怎麼把船停上去，我試了很多次以後總算成功了，然後我們默默地坐下來開始吃第二頓。

「船長，」最後他帶著那種讓人不舒服的微笑說，「我的老夥伴，歐布萊恩還在這裡，你還是把他扔到船下去吧。我也不是說非要怎麼樣，殺了他我也不自責，但他在那裡不好看，是不是？」

「我搬不動，也不想做，我覺得就讓他躺那裡好了。」我說。

「這真是艘不吉利的船，這個『伊斯帕尼奧拉』號，吉姆，」他眨了眨眼睛接著說，「這艘『伊斯帕尼奧拉』號上有種力量能讓人送命——自從你和我從布里斯托出發以來，眼看著可憐的水手們死的死、跑的跑。現在又輪到了歐布萊恩——他死了，對不對？哎，我是個粗人，沒什麼學問，你是個能寫會算的孩子，你能不能告訴我，一個人死了就是死了，還是會再活過來嗎？」

「你能把一個人的肉體殺了，漢茲先生，但消滅不了他的靈魂，我想你是知道的。」我說，「歐布萊恩已經去了另一個世界，說不定正看著我們呢。」

「啊！」他說，「好吧，真晦氣──看樣子殺人這事就是浪費時間。不過，我還是覺得靈魂不算什麼，以我所見是這樣。我願意拿靈魂去冒冒險，吉姆。我們已經講好了，我想請你好心下去到客艙裡幫我拿──呃，啊──我這呆頭呆腦的！想不起來它叫什麼了，好吧，你幫我拿瓶葡萄酒吧，吉姆──這個白蘭地太烈了，喝得我頭痛。」

漢茲說話猶猶豫豫的，看起來不大自然。至於他說他要喝葡萄酒、不喝白蘭地，我根本不信。這些都是藉口，他想把我從甲板上支開──很明顯的。但他想做什麼，我想不出來。他都不敢看我，目光一直左右飄移，飄上飄下，一會兒看看天，一會兒又瞟一眼死掉的歐布萊恩，但他始終保持著微笑，有時還吐一吐舌頭做出抱歉和不好意思的樣子，一個小孩都看得出他想耍陰謀詭計。我爽快地答應了他，因為我占著優勢，對付這樣一個笨蛋，也很容易隱藏我的疑心。

「葡萄酒？」我說，「好啊，你要白的還是紅的？」

「呃，我覺得對我來說都差不多，夥計，」他說，「只要酒勁大一點，多一點，別的不挑。」

「好的，」我說，「我給你拿波爾多葡萄酒來，漢茲先生。不過，我要找一找的。」

我跑下升降口，並故意弄出很大的聲音，然後我脫了鞋，悄悄穿過走廊，爬上前甲板的梯子，把頭探出前升降口。我知道他不會想到我會在這裡的，但我還是得盡量小心。果然，我懷疑得沒錯。

伊斯瑞爾手腳並用爬了起來，儘管爬的時候他腿上的傷顯然痛得要命（因為我能聽見他悶哼著），但他還是很快爬過了甲板。不到半分鐘他就到了左舷的排水孔那裡，從一卷繩子裡摸出一把長長的小刀，或者說是把比較短的匕首，柄上還沾著血跡。他揚起頭對它端詳了一會兒，用手試了試它的刀尖，然後趕緊把它藏進懷裡，爬回老位置靠舷牆坐著。

我要知道的就是這些。伊斯瑞爾還能動，他現在有武器了，如果他那麼費勁要把我支開，那顯然他要殺的人就是我。他殺了我以後要做什麼，是從北海灣穿過海島爬回沼澤旁的營地，還是開炮，覺得他的同夥會來救他，我就不得而知了。

然而，有一點我可以確信，在那件事上我們的利益是一致的：關於怎麼安排「伊斯帕尼奧拉」號。我們都想讓它安全地擱淺在一個沒風的地方，到時候好盡可能不費勁又平安地把它再開出去，在這件事情做完以前我覺得我的生命是有保障的。

我腦袋裡盤算著這些事，身體也沒停著。我偷偷回到客艙，重新穿上鞋子，隨便拿了一瓶葡萄酒，拿了它我就跑回到甲板上。

漢茲像我離開時那樣躺著，全身蜷成一團，眼皮低垂著，彷彿虛弱得經不起陽光的照射。我走過去時，他抬起頭，熟練地敲掉了瓶口，說了句他最愛說的祝酒詞「好運當頭！」，然後就痛快地喝了一大口。接著他靜靜地躺了一會兒，又掏出一根菸草，求我幫他切一片下來。

「幫我切一片吧，」他說，「我沒有刀也沒有力氣，有刀也切不動。哎，吉姆，吉姆，我覺得我快不行了！幫我切一片吧，這大概是我最後一口菸了，孩子，我就要回老家去了，肯定的。」

「好吧，」我說，「我給你切一點。不過，如果我是你，覺得自己不行了，我會做禱告，像一個基督徒那樣。」

「為什麼呀？」他說，「你跟我說為什麼要禱告。」

「為什麼？」我喊，「你剛剛還問我人死了會怎麼樣。你已經背叛了信仰，你犯了很多罪、撒了很多謊、身上沾滿了血。這時候你腳邊就躺著一個被你殺掉的人。你還問我為什麼！求上帝饒恕你吧，漢茲先生，這就是你為什麼要禱告。」

想到他藏在懷裡的帶血匕首，還有他想要殺了我的壞心腸，我說得有點激動。而他則猛喝了一大口葡萄酒，然後用異乎尋常的鄭重語氣說：

「這三十年，我一直在海上航行，好的，壞的，善的，惡的，風平浪靜，大風大浪，糧食短缺，刀槍相向，什麼都看過。好吧，現在我跟你說，我從來沒見過好人有好報。人還是要先下手為強，死人才不會咬人，我就是這麼認為的——阿門，就這樣吧。不信你看看這，」忽然他換了一副語氣又說，「傻話說得夠多了。現在的潮水很好，你聽我指揮，霍金斯船長，我們肯定能把船開進去的。」

總之，我們還差兩英里，但這兩英里很不好行駛，北海灣的入口不但又窄又淺，還迂斜彎曲，所以要開得很好才能把縱帆船開進去。我想我是個很好很敏捷的執行者，而漢茲無疑是個優秀的領航員，我們這邊那邊拐來拐去，切過海岸，走得準確俐落，看著都開心。一通過岬口就被陸地包圍了，北海灣和南邊錨地一樣岸上長著茂密的樹林，但空間比較狹長，實際上更像是個河口。在我們的正前方，最南邊，看見了一具破船殘骸，是一艘很大的三桅帆船，長年暴露在這裡，遭受風吹雨打，上面掛滿了一大叢一大叢濕漉漉的海藻，濱海灌木已經在甲板上紮根，盛開著一簇簇的花，景象淒涼，但也表明在這裡停泊是很安全的。

「喏，」漢茲說，「看那裡，從那裡衝上海灘最合適，平坦的細沙，一個貓爪印都沒有，周圍都是樹，那條破船上的花盛開得像花園一樣。」

「上岸以後我們怎麼再把它開下海呢？」我問。

「哎，這樣，」他回答說，「退潮的時候你把一根繩子拉到對岸去，繞在一棵大松樹上，再拉回來繞在絞盤上，然後就等漲潮。潮水漲高以後，所有人一起拉繩子，船就乖乖離岸下海了。哎現在，小子，你準備，我們靠近了，它走得太快了，右轉舵一點點——就這樣——把住——再右一點——左一點——把住——把住！」

他這樣下著命令，我屏息凝神來執行，最後，他突然大喊：「快，小夥子，轉向上風！」我用力轉舵，「伊斯帕尼奧拉」號一個急轉，衝上了長著樹的低岸。

最後這一連串操作帶來的興奮，讓我有點放鬆了一直以來對漢茲的高度警惕，我當時那麼興趣盎然，等著船觸岸，忘了懸在頭頂上的危險，探出右舷牆看船頭推開的翻捲的波浪。要不是我突然感到不安，回了頭，我可能毫無反抗就把命丟了。也許是我聽到了木板嘎吱一聲，或是眼角餘光瞄到了他移動的影子，也許只是一種像貓那樣的直覺，總之，我一回頭，就看見漢茲，已經往我這裡走了一半，右手拿著匕首。

我們對看時都大喊起來，我是嚇得尖叫起來的，他是像頭公牛要衝過來那樣怒吼，就在那一刻他朝我撲了過來，我往邊上、船頭方向一跳，我這麼一跳，放開了舵柄，它猛地反彈回去，我想這救了我的命，它打中了漢茲胸口，把他一下子打昏了。

等他回過神來，我已經安全逃脫了他想把我困住的角落，可以在整個甲板上閃躲了，我停在主桅前，從口袋裡掏出一把手槍，儘管他已經轉過來再次撲向我，我還是冷靜地瞄準了，然後扣下扳機。撞針落下，但接著沒有火光也沒有槍響，引爆的火藥被海水浸濕，沒用了。我怪自己疏忽了。為什麼不事先給自己唯一的武器重新裝火藥和裝子彈呢？那樣我就不會像現在這樣，只是一隻在屠夫面前東躲西藏的綿羊。

漢茲雖然受了傷，動起來卻出奇地快，他的灰髮披在臉前，氣急敗壞的臉紅得像一面紅旗。我來不及試我另一把槍了，其實也不怎麼想試，因為我覺得它肯定也不好用。但有一件事我看得很清楚：我不能在他面前只是一味地退，那樣他會很快把我逼到船頭角落裡，就像他剛才差點把我困在船尾一樣。如果被他抓到，那把十來英尺長的沾血的匕首就是我今生今世最後體驗到的事了。我雙手抱著很粗的主桅，就那麼等著，每根神經都繃得緊緊的。

他看我想閃躲，也停住了，做了幾下假動作，佯裝要撲過來，我也做相應的動作。在家鄉，黑山灣的大石頭邊我常玩這種遊戲，但那時心從來沒跳得像現在這麼厲害過。不過，照我說，這是男孩玩的遊戲，我想我不會輸給一個年紀大、腿還受了傷的水手的。所以我又信心百倍起來，稍許猜測了一下事情的走向，結果發現雖然我一定能周旋一段時間，卻看不到什麼最後逃生的希望。

就在我們這樣對峙著的時候，「伊斯帕尼奧拉」號突然一震，船底衝上了沙灘，隨後迅速向左舷歪倒，甲板傾斜了四十五度，有大概一百加侖的海水從排水孔湧進來，在甲板和舷牆之間變成了一個水池。

我們兩個一下子都失去了平衡，幾乎一起滾向排水孔，那個死了的紅帽子也張著雙臂，僵硬地跟著我們摔下來。我和漢茲離得那麼近，我的頭撞在他的腳上，差點把牙齒磕掉。儘管這樣，我還是先站起來的，因為漢茲被屍體纏住了。船身突然傾斜使得甲板上沒有跑的地方，我要找新的逃路，刻不容緩，因為我就在敵人手邊。說時遲那時快，我縱身跳到了後桅支索的繩梯上，兩手交替往上爬，一口氣爬到了桅頂橫桁並坐在上面。

全靠我反應快逃了，我往上爬的時候匕首就刺在我腳下不到半英尺的地方，伊斯瑞爾．漢茲站著，張著嘴、仰臉看著我，活像一座驚愕和懊喪的雕像。

現在我有了喘息的時間，我抓緊給手槍換了火藥，裝好一把槍以後，為了雙保險，又裝填了另一把槍，把它們重新弄好。

漢茲做夢也沒想到我還有這一手，他開始意識到局勢對他不利了，經過一番猶豫，他還是費力地把自己硬拉扯上繩梯，嘴裡咬著匕首，緩慢而痛苦地往上爬。他拖著一條傷腿，爬得慢極了，疼得直哼哼。他爬過三分之一的時候，我已經準備妥當，一手拿著一把槍，對他喊話：

「你要是再往上一步，漢茲先生，我就把你的腦袋打開花！」我說，「死人才不會咬人，你知道的。」我又笑著加了一句。

他立刻停了下來，看他的表情像是努力在想對策，他想得那麼慢、那麼費勁，我仗著我有了個安全的新位置，大聲笑起來。最後他吞了吞口水才開口說話，臉上仍帶著極其困惑的表情。為了說話，他從嘴裡拿出了匕首，但仍保持著姿勢沒動。

「吉姆，」他說，「我覺得我們都犯規了，你和我，我們講和吧。要不是船突然歪了，我已經抓到你了，可我運氣不好，真不好，我覺得我只好投降。你看，吉姆，一個老水手在你這樣一個小毛孩前面服輸，真不好過。」

我被他說得有點飄飄然，像飛上了牆的公雞，臉上露出了微笑。就在這時，他的右手向後一揮，一樣東西在空中「嗖」的一聲像箭一樣破空而來，我被打中，然後一陣劇痛，肩膀被釘在了桅杆上。劇痛和驚嚇之下的那一刻——我簡直是不由自主地，完全沒有意識地去瞄準——兩把手槍都開了槍，隨後從我手裡掉了下去。掉下去的不只是它們，隨著一聲怪叫，漢茲鬆開了他緊握繩梯的手，一頭栽進了海裡。

27

西班牙銀元

由於船身傾斜，桅杆都遠遠地伸到了海面上方，從我坐著的橫桁上往下看，下面只有一灣海面，漢茲沒爬很高，所以掉在離船不遠、我和船舷之間的海裡，他從被血染紅的泡沫裡浮起來過一次，然後就永遠沉了下去。當海水恢復平靜以後，我看見他蜷成一團躺在船身側影覆蓋下澄淨的水底細沙上，一兩條魚在他身邊游過。有時，水波動著，他好像也動了動，就像想要浮起來。但他真的是死了，不但中槍，還溺水，就在他想要殺我的地方，變成魚的食物。

我剛確定了這個，就開始感到噁心、頭暈、恐慌。熱熱的血從我的背上和胸前流下，把我肩膀釘在桅杆上的匕首就像滾燙的烙鐵，但折磨我的還不是這真真切切的痛楚，這種痛我還可以一聲不吭地挺過去，而是想到從橫桁上掉進那平靜的碧水，掉在漢茲的屍體旁邊，讓我恐懼。

我兩隻手緊緊抓住橫桁，直到指甲都疼了，我閉上眼睛，好像那樣就能使危險消失不見。漸漸地，我鎮定下來，心跳也恢復正常，又有了自制力。

我首先想把匕首拔出來，可是也許是它扎得太深，或是我力不從心，我狠狠打了個哆嗦就住手了。說來也奇怪，我那樣一哆嗦，倒產生了作用，實際上那把刀是擦著我過去的，只穿破我肩膀上一點皮，我一扯就把這點皮撕破了。血當然流得更厲害，可是我又能自由活動了，只有我的外套和襯衫被釘在桅杆上。

我猛地一扯，把衣服也扯了下來，然後順著右舷繩梯回到甲板上，我現在飽受驚嚇，世界上任何事情都不能叫我再冒險從垂在船外的左舷繩梯下去了，伊斯瑞爾就是從那裡掉下去的。

我下到客艙裡，盡我所能處理了一下傷口，它真的讓我痛得要死，還在冒血，但它不深，也不危險，也沒太妨礙我活動臂膀。然後我看了看周圍，從某種意義上說，這條船現在是我的，我開始想怎麼清除掉它的最後一個乘客——死了的歐布萊恩。

就像我之前說的，他已經滾到了舷牆的一邊，躺在那裡，就像一個可怕而醜陋的木偶，大小和真人一樣，可是完全沒有有生命的人的血色和氣色。他在那個位置，我處置起來很方便，因為我已經習慣了淒慘的冒險，對死人的懼怕已經磨損殆盡，我抓住他的腰，像提一袋麵皮那樣把他用力舉起來扔下船。他「撲通」一聲落入水中，紅帽子掉了，漂在水面上。等到水波平靜下來以後，我看見他和伊斯瑞爾並排躺著，兩個人都隨著海水的流動而輕輕晃動。歐布萊恩雖然還很年輕，但禿了頂，他躺在那裡，光禿禿的頭橫靠在殺死他的人的膝上，一群魚在他倆的屍體旁邊敏捷地游來游去。

這下船上只剩下我一個人，潮水開始回落，太陽已緩緩斜落了，西岸上的松樹影子越過了水面，花影映照在甲板上。晚風起來了，儘管有東邊的雙峰小山擋著，船上繩索還是開始輕聲吟唱，靜止的帆也「啪啦啪啦」拍動起來。

我感到船正面臨著危險，於是迅速卸掉三角帆，扔到甲板上，可是卸主帆很麻煩，大船側傾的時候，主帆的下桁也滑到了船外，桁杆頭和兩英尺左右的帆布都掉進了水裡，我覺得這讓船更危險了，但帆很重地墜著，我簡直不知道該怎麼辦，最後我掏出刀割斷升降索，帆立刻掉了下去，鬆弛的帆鼓著一大包空氣漂浮在水上，然後我怎麼拉也拉不動帆索，我只能做到這個地步了，「伊斯帕尼奧拉」號也好，我也好，接下來就看運氣吧。

這時，整個錨地都沉入陰影中——我記得落日餘暉從樹林的間隙裡射出來，在長滿了破船殘骸的花朵上閃閃發光，有如珠寶。開始冷了，海潮迅速退向大海，大船愈來愈斜，快要倒下去了。

我爬到船頭往外看，水已經很淺了，為了安全起見，我雙手抓著那根割斷的錨索，慢慢翻下船。水只到我腰，沙地堅實，上面還有海水沖刷留下的一層一層的痕跡，我使盡全力地涉水上岸，讓「伊斯帕尼奧拉」號倒在那裡，主帆在海灣的水面上鼓起。與此同時，太陽已經完全落下，晚風在搖曳的松林間輕聲唏噓。

我總算離開了大海，而且並非空手而歸，大船上的海盜已經全都解決掉。我只想回木寨誇耀一下我的成績。也許我會因為擅離職守而受到一點責備，可是把「伊斯帕尼奧拉」號弄回來是最好的答覆，我希望連史莫列特船長都會承認我沒有浪費時間。

這樣想著，我心情愉悅，朝木屋和我同伴們所在的方向走去。我記得流進吉德船長的錨地的幾條河裡最東邊的那個源頭，在我左邊的雙峰山，我轉向那座山，希望能在水流比較小的上游過河。樹長得很開，我沿著比較低的山坡走，不久就轉過山腳來到河邊，涉過只到小腿肚的小河。

過了河，我就接近曾經遇到那個被丟在島上的班．葛恩的地方，我走得格外小心，一直留意著四周。天幾乎完全黑了，當我穿過兩座山峰之間以後，看見遠方有一點晃動而微弱的火光，我覺得那像是有個人在島上用很旺的火在做晚飯，但我真的覺得很奇怪，他這麼不怕暴露自己的位置，如果我能看到那個光，希爾佛在沼澤那邊的營地就看不到嗎？

天愈來愈黑，我只能朝我的目的地摸索著前進，我身後的雙峰山和我右手邊的望遠鏡山變得愈來愈看不清，星辰稀疏而黯淡，我走在低地上，老是被灌木絆倒，滾進沙坑裡。

突然，一種明亮籠罩了我周圍，我抬頭一看，蒼白而朦朧的月光從望遠鏡山頂灑下，隨後我看見一個碩大的銀盤從樹後很低的地方慢慢升起，月亮出來了。

借著月光，我抓緊趕路，走一會兒跑一會兒，心急火燎地向木寨方向靠近。不過，當我開始穿過木寨前的小樹林時，我不再沒頭沒腦地往前衝，而是放慢腳步，小心翼翼，如果被自己人開槍打死，那我這次歷險的結局就太悲慘了。

月亮愈爬愈高了，在樹木疏落的地方灑下一片片清輝，但在我正前方樹林裡的光是另一種顏色，那是紅色的暖光，現在又有點暗下去，像是營火的餘燼在悶燃。

我無論如何也想不出那是怎麼回事。

最後我到了木寨所在的空地邊，西邊那片已經浸在月光裡，其他地方，包括木屋，還在暗中，上面投著一道道長的銀色光條。屋子的另一邊，燒過一大堆營火，只剩餘燼在冒著紅光，與柔和的白色月光形成鮮明對比。一個人影也沒有，除了風聲，一片寂靜。

我停下來，滿心疑惑，或許還有一點惶恐。我們是不會生一大堆火的，真的，因為船長命令我們要省著點柴火。我開始害怕我不在的時候發生了什麼不好的事。

我偷偷從東邊繞過去，一直盡量在暗處，選了一個最暗的地方翻過柵欄。

為了確保安全，我跪在地上悄悄往屋子一角爬。爬近以後，我的心一下子放了下來。鼾聲並不好聽，在別的時候我也經常怪別人打呼，但此時聽到我朋友們在安睡中一起響亮地打呼著，就好像聽到音樂一樣。海上守夜的人喊著「平安無事」的聲音固然美妙，也不如這鼾聲聽起來更讓人寬心。

不過，有件事毫無疑問：他們的警戒工作太差了。如果這時希爾佛和他的人來偷襲，沒人能看到明天的日出。我猜那可能是因為船長受傷了，我再次狠狠責怪自己離開了他們，讓他們陷於像這樣沒什麼人可以守衛的危險中。

我爬到門口站了起來，裡面一團漆黑，我什麼也看不見。除了不絕於耳的鼾聲，偶爾還有一個細小的聲音，什麼東西在抖動，或是輕輕地啄著，我不知道那是什麼。

我兩隻手伸在前面，一步步向前走，我想回到我自己的鋪位上去躺下（我想著想著就心裡笑起來），等明天他們發現我的時候，臉上的表情一定很好玩。

我的腳碰到了一個軟綿綿的東西——那是一個睡著的人的腿，他翻了個身，嘟噥了一聲，沒有醒來。

隨後，突然，黑暗中響起了一個尖銳的聲音：

「西班牙銀元！西班牙銀元！西班牙銀元！西班牙銀元！西班牙銀元！」一直叫一直叫，像一個小磨坊嘮嗒嘮嗒轉個不停。

這是希爾佛的鸚鵡——佛林特船長！我剛才聽到的啄樹皮的聲音就是牠。用牠站崗比什麼人都強，牠煩人地重複著這一句話，警告他們我來了。

我來不及恢復鎮定，熟睡的人已經被鸚鵡刺耳的叫聲驚醒跳了起來，只聽希爾佛罵了一聲，厲聲問：

「誰在那裡？」

我轉身想跑，撞在一個人身上，往後退，又被另一個人抱了個滿懷，那個人一把把我牢牢抱住。

「點個火把，迪克。」希爾佛說。這時我落在他們手裡，已成定局。

有個人很快去木屋外面點了一支火把進來。

第六部

希爾佛船長

CAPTAIN SILVER

28

在敵營中

火把的紅光照亮了木屋內部，讓我發現，我最擔心的事果然成真。屋裡都是海盜，白蘭地桶、豬肉乾和餅乾像之前一樣放著，讓我萬分恐懼的是：沒有一點有俘虜的跡象。我只能認為所有人都被殺害了，我沒跟他們同生共死，內心感到被重重捶了一下。

海盜一共有六個，除此之外再也沒有活人了。他們有五個人站著，突然從醉夢中被叫醒，都面紅耳赤，殺氣騰騰。第六個人只是用手肘撐起身體，他面如死灰，頭上血跡斑斑的繃帶告訴我他剛受傷沒多久，還是新包紮的。我記得他們大舉進攻時有個人被槍打中又跑進了樹林，這肯定就是那個人。

鸚鵡坐在高腳約翰的肩膀上，用嘴梳著牠的羽毛。我覺得希爾佛比我之前一直看到的要更加蒼白冷峻了。他還穿著上次來談判時穿的那件細絨面呢禮服，但它上面沾了泥，又被灌木上的刺劃破了，看起來有點狼狽。

「所以是吉姆．霍金斯來了，」他說，「乖乖！來做客呀？好啊，來，歡迎光臨。」

說著他在白蘭地桶上坐下，開始裝菸斗。

「借個火，迪克，」他說，然後他點了個火，「好了，夥計，」他又說，「把火把插在柴堆上，你們，先生們，都坐下吧！不用為霍金斯先生站著了，他不介意的，待著吧。所以，吉姆，」——他吸了一口菸——「你來啦，真是給了可憐的老約翰一個驚喜啊。我第一眼看到你就看出你很聰明，但你這是為什麼來著，我不懂。」

對所有這些話，我覺得我還是不回答的好。

他們讓我背靠著牆，我站在那裡，看著希爾佛的臉，表面上很輕鬆——我希望是這樣，心裡絕望極了。

希爾佛很悠閒地抽了幾口菸，然後又說開了。

「現在，你看，吉姆，既然你來了，」他說，「我就跟你說說心裡話吧。我一直都是喜歡你的，真的，你是個有頭腦的小夥子，長得還帥氣，像我年輕時候。我一直想要你來我們這邊，算你一份，到最後有頭有臉的。現在你總算來了，好孩子。史莫列特船長是個好海員，我永遠承認這一點，但他的管理太死板了。『該怎麼就怎麼』，他總是說，我也同意。結果你離開他跑了。醫生對你也很生氣，說你是『忘恩負義的小流氓』。總而言之，你不能回他們那邊了，因為他們不會要你了。除非你自己再立一派，就你孤伶伶一個人，不然你還是來希爾佛船長這邊吧。」

還好，我的朋友們還活著，雖然我相信希爾佛的有些話可能是真的，船長他們對我的離開很生氣，但我聽了並不煩惱，而是非常寬慰。

「我不想對你說你落在我們手裡，」希爾佛接著說，「你自己也知道。我一直都是講道理的，我從來都不覺得強迫會有什麼好結果。如果你想做，就跟我們一起。如果不想做，吉姆，你也可以說不想的，我不會逼你，但我歡迎你，朋友。還有哪個水手能說出比這更公道的話呢，真是見鬼！」

「那麼，要我回答嗎？」我聲音發顫地問。聽了這番譏諷的話，我感覺死亡的威脅就在我頭頂上，我臉頰發燒，心在胸口跳得很厲害。

「孩子，」希爾佛說，「沒人逼你，你慢慢想，我們都不會催你，朋友，你跟我們在一起就放寬心吧。」

「好吧，」我說，膽子稍微大了一點，「如果我要選，我應該有權利知道是怎麼回事吧。你們為什麼在這裡，我的朋友們在哪裡？」

「『是怎麼回事』？」一個海盜低沉地嘟囔著學我說了一遍，「啊，就他想曉得是怎麼回事！」

「沒問你，你最好把嘴閉上，朋友。」希爾佛惡狠狠地對這個說話的人喊，然後又用他一開始親切的聲調來回答我說：「霍金斯先生，昨天早上，夜班還沒結束的時候，利夫西醫生打著白旗過來，他說：『希爾佛船長，你們被出賣啦，大船走了。』好吧，可能我們當時正在喝酒唱歌，讓船開走了，這我也不否認，至少我們是沒人留意著。我們一看，他媽的，大船不見了！我從來沒見過一群傻瓜乾瞪眼的蠢樣，走著瞧吧，沒有比這群傢伙更蠢的了。醫生說：『所以我們來談談吧。』然後我跟他兩個人，我們談好了，然後我們就到這裡來了：物資、白蘭地、木屋，還有你們費盡力氣弄來的柴，總之這裡所有東西都是我們的了。至於他們，他們走了，我不知道他們去哪裡了。」

他又靜靜地抽了幾口菸。

「免得你再自己想來想去，」他接著說，「協議裡也提到你，最後我們是這麼說的，我問：『你們要走的有幾個人？』『四個，』他說，『四個人，有一個人還受傷了。至於那個男孩，我不知道他去哪裡了，找不到他，也不是很在乎。我們都煩他了。』他最後是這麼說的。」

「就這樣？」我問。

「嗯，能讓你知道的就這些，孩子。」希爾佛答道。

「我現在要選了嗎？」

「你現在要選了，看著辦吧。」希爾佛說。

「那，」我說，「我也不是傻子，但我更知道應該走哪條路。結局多壞我也不在乎。自從遇到你們以後，我已經看到太多人死掉了。不過，有一兩件事我要跟你說，」我說，這時我挺激動的，「首先是，你們的處境也不太妙——船沒了，財寶也沒找到，人也沒了，你們整件事都完了。如果你想知道是誰搞的鬼——告訴你，是我！看到陸地的那天晚上我在蘋果桶裡，聽見你、約翰，還有你——迪克．約翰森，還有現在已經在海底的漢茲，你們的話，不到一個小時我就把你們說的每個字都告訴了船長。至於大船，是我割斷了它的錨索，是我殺了你們留在船上的人，也是我把它開到了你們再也見不到它的地方，你們誰也別想了。笑的人是我這邊。這件事我從一開始就占上風，怕你還不如怕蒼蠅呢。你要殺我還是放了我都隨便你，但是我還有最後一件事要說：要是你放了我，過去的就過去了，等你們這群海盜受審判的時候，我會盡全力為你們求饒。現在到你選了：再殺一個人——對你們毫無好處，還是放了我——留下一個證人來讓你們免於上絞刑臺。」

我停了下來，因為老實說我快喘不上氣了，而且我很奇怪他們沒有人動，全都坐著看著我，像一群綿羊。然後，他們還是這樣看著我，我又說：「所以現在，我相信你是這裡最厲害的人，要是你們要殺我，勞駕你告訴醫生我是怎麼死的。」

「我會牢記在心。」希爾佛的語氣讓人費解，我真的不知道他是在嘲笑我的請求，還是真的被我的勇氣打動了。

「我還想加一件事，」一個紅褐色面孔的老水手喊了一句，他叫摩根，在布里斯托碼頭高腳約翰的酒館裡我見過他，「是他認出了黑狗。」

「對，還有，」希爾佛說，「還要加上一件事，媽的，就是這個男孩拿走比利．伯恩斯的地圖。從頭到尾我們都被吉姆．霍金斯牽著走！」

「那讓他去死吧！」摩根憤然道。

他跳起來拔出刀，像是只有二十歲的人。

「住手！」希爾佛大喊，「你是誰啊，湯姆．摩根？你是不是覺得你是這裡的老大？見鬼了，我來教教你吧！惹了我，你就跟這三十年來惹過我的那些好傢伙們一起去吧——有的吊在橫桅上，有的走跳板，全都餵了魚。敢跟我作對的人沒一個有好下場的。湯姆．摩根，走著瞧吧。」

摩根打住了，但其他人小聲嘀咕起來。

「湯姆是對的。」一個人說。

「我被人欺負夠了，」另一個人接著說，「如果我再被擺布下去，我還不如被吊死呢。」

「諸位是不是有誰想造反？」希爾佛吼道。他屈身向前，從酒桶上站起來，右手上還拿著點著的菸，「想說什麼就直說，我想你們不是啞巴，想要什麼？我給你。我活了這麼多年，到頭來要讓酒囊飯桶在我面前耍威風嗎？你們知道規矩，你們都自認為是冒險家。好啊，拔刀放馬過來，夠膽子的話，我還拄著枴杖呢，菸沒燒完我就能看看他的血是什麼顏色的。」

沒有一個人動一動，也沒人吱聲。

「你們也就是這種貨色，是嗎？」他又說，把菸斗放回嘴裡，「好吧，看你們那副熊樣，隨便吧。都不值得打，跟你們。你們能聽懂標準英語吧。我是你們選出來的船長。我能當船長是因為我比你們厲害十倍百倍。你們既然不敢像冒險家一樣跟我打，那他媽的就聽我的，看著辦吧！我喜歡這個男孩，這時候，我從來沒見過比他更好的孩子。他比你們這一屋子鼠輩都更有種。我說，我要讓他活著，我罩著他——我話說到這裡，看著辦吧。」

隨後一陣沉默。我直直地靠牆站著，心跳得像個大槌子在撞著，但心裡亮起一線生機。希爾佛也靠在牆上，交叉著雙臂，嘴角叼著菸，像人在教堂裡一樣平靜，但眼睛暗暗打量來打量去，盯著跟著他的這群不守規矩的傢伙們。他們則漸漸一起退到了木屋另一頭，我聽見他們低語著的嘁嘁聲，像不絕的流水。他們時不時一個接一個抬頭看過來，火把的紅光在那一刻照在他們緊張的臉上，但他們沒在看我，他們看的是希爾佛。

「你們看起來有很多話要說，」希爾佛朝空中狠狠啐了一口，「說出來讓我聽聽，要不然就閉嘴。」

「不好意思，先生，」一個人回答說，「你經常不怎麼守這行的規矩，也許有些規矩你最好還是注意點。我們都不大滿意，我們也不是一把小刀能嚇唬住的，我們有我們的權利，像別的水手一樣，我就是敢這麼說。照你自己定的規矩，我們是可以在一起說話的。不好意思，先生，我們承認你現在是船長，但我要行使我的權利，我們要出去討論一下。」

這傢伙是個高個子，長相難看，黃眼睛，大概三十五歲，他行了一個很標準的水手禮，鎮定自若地走出屋子。剩下的人也一個一個學著他的樣走了出去，每人走過去的時候都行了個禮，說了句表示抱歉的話。「這是照規矩辦事。」一個人說。「開個前甲板的會。」摩根說。就這樣，一人一句，都出去了。只剩希爾佛和我在火把的光裡。

希爾佛立刻放下菸斗。

「這下你看，吉姆．霍金斯，」他靜靜地說，聲音很小，只能勉強聽見，「你怕是要死了，更可怕的是，他們還會折磨你。他們要造反了。不過，你看到了，我不顧一切地在挺你。我本來也不想那麼做，但是你說了那些話。我是有點絕望，損失慘重，還要被送上絞刑臺。但我看你真有種。我對我自己說，挺霍金斯，約翰，霍金斯也會挺你。你是他的最後一張牌，而且，媽的，約翰，他也是你的救星！互相依靠著吧，我說。今天你救你的證人，明天他能救你的腦袋！」

我開始有點懂了。

「你是認輸了嗎？」我問。

「噯，天吶，輸啦！」他答道，「船沒了，腦袋也要丟了——就是這麼回事。我往海灣一看，發現船沒了，吉姆．霍金斯，我就知道完了——哎，我沒服過輸，但如今我認輸了。至於那群開會的人，相信我，他們完全就是一群蠢貨和膽小鬼。我不會讓他們殺你的——盡我的全力。可是你看，吉姆，一報還一報，我上絞刑臺的時候你也要救我。」

我不知所措。他這個老海盜，自始至終都是個海盜首領，現在在祈求著一件看起來如此希望渺茫的事。

「我能做什麼我都會做。」我說。

「那說定了！」高腳約翰叫道，「你說話像個大丈夫，媽的，我有希望了。」

他一瘸一拐地走到插在柴堆上的火把邊，重新點燃了菸。

「相信我，吉姆，」他說，「我不傻，真的，我現在站在地主這一邊。我知道你已經把船開到安全的地方了。我不知道你是怎麼辦到的，但它是安全的。我猜是漢茲和歐布萊恩沒用，我從來都不大相信他們兩個。你聽我說，我什麼也不會問，我也不喜歡別人問我問題。我知道遊戲玩完了，我知道的，我也知道你是個信得過的人。哎，你這樣的年輕人——我們一起是可以做大事的！」

他從酒桶裡往杯子裡倒了些白蘭地。

「你嘗點嗎，兄弟？」他問。我拒絕了。於是他又說：「好吧，我自己喝，吉姆。我要提提神，麻煩事太多了。說到麻煩事，為什麼醫生把地圖給了我，吉姆？」

我臉上的驚詫如此真摯，他看到也知道問不出什麼了。

「哎，好吧，他真的把地圖給我，」他說，「肯定有什麼原因——這裡頭一定有什麼原因，吉姆——不知道是好事還是壞事。」

他又喝了一大口白蘭地，搖了搖他的大腦袋，像是看到了什麼禍事要臨頭。

29

又是黑券

海盜們商量了半天，一個人回到屋裡，再次向希爾佛行個禮，在我看來有點諷刺的意思，他請求借用一下火把。希爾佛爽快答應，於是這名使者又出去了，把我們留在了黑暗裡。

「看來要動手了，吉姆。」希爾佛說，這時他對我說話的語調很友好親近。

我湊到離我最近的槍眼邊往外看，營火的餘燼到這時已經快燒完，火光微弱幽暗，我知道這些耍陰謀的人為什麼需要火把了。他們在木屋和柵欄間的斜坡上圍成一圈，一個人舉著火把，還有一個人跪在他們中間，我看見他手裡的刀鋒上映著月光和火光，閃爍著顏色。其他人都湊過去看著他做的事。我只能看出他手裡除了刀，還有本書，但還是不知道他們拿這兩樣不相干的東西做什麼。然後那個跪著的人又站起來了，他們一起朝房子走來。

「他們來了。」我說著，回到我原來的位置，因為我覺得被他們發現我在看他們就挺沒面子的。

「好吧，讓他們來，孩子——讓他們來好了，」希爾佛輕快地說，「我有辦法對付他們。」

門開了，五個人擠在一起進來，把一個人往前推。他往前挪得好慢，每走一步都猶猶豫豫的，握緊的右手一直放在胸前，放在任何別的環境裡，他的樣子都很滑稽。

「過來吧，夥計，」希爾佛喊，「我不會吃了你的。把手上的東西給我，呆頭呆腦的。我是知道規矩的，我不會對派出來的代表怎麼樣的。」

經過這番鼓勵，那個海盜加快步伐走上前，親手遞給希爾佛一樣東西，又飛快地退回到他的夥伴們當中。

希爾佛看了看給他的東西。

「黑券啊！我就知道，」他說，「你們從哪弄來這個紙的？哇，好樣你們！我說，你們會倒楣的！你們把《聖經》撕下來啦。是哪個笨蛋撕的《聖經》啊？」

「啊，看！」摩根說，「看吧！我說什麼來著？我就說這麼做不好。」

「好啦，你們大概就商量出了這個吧，」希爾佛接著說，「你們都要上絞刑臺了，我覺得。《聖經》是哪個缺心眼傻瓜想出來的？」

「迪克。」一個人說。

「迪克，是你的啊？那迪克要祈禱了，」希爾佛說，「他的運氣到盡頭了，迪克，走著瞧吧。」

這時有著一雙黃眼睛的高個子插話了。

「得了吧，約翰．希爾佛，」他說，「我們全體開會決定給你發黑券，按規矩，你快把它翻過來，按規矩，看看上面寫的。然後再說話。」

「謝謝你，喬治，」希爾佛說，「你一向會辦事、懂規矩，喬治，我很樂意看看。好吧，寫了什麼？啊！『下臺』——就這個啊？字寫得真好，真的，像印出來的一樣，說真的。你寫的嗎，喬治？哎呀，這夥人當中是你比較厲害。接下來你就當船長了吧，我一點也不奇怪。請你再把火把給我用用好嗎？菸抽不動了。」

「得了，」喬治說，「別再當我們是傻子了。你覺得你自己挺有意思的，但你現在玩完了，你還是從酒桶上過來參加投票吧。」

「你不是說你懂規矩的嗎？」希爾佛輕蔑地說，「你要是不懂，至少我懂。我就在這裡等著——我還是你們的船長，別忘了——直到你們提出你們有什麼不滿，我來答覆。在這段時間裡，你們的黑券一文不值。答覆完再說。」

「哦，」喬治回答說，「你不用擔心，我們講道理辦事，沒問題。首先，你搞砸了這次出海，你能反駁這一條算你厲害。第二，你無緣無故把到手的敵人放了。他們為什麼要走？我不知道，但很明顯那對他們有好處。第三，你不讓我們去追他們。噢，我們已經看透你了，約翰．希爾佛，你想腳踏兩條船，這就是你的問題。還有第四，就是這個小孩。」

「說完了？」希爾佛平靜地問。

「這些已經夠了，」喬治回嘴說，「因為你搞砸了，要害我們都被吊死晒乾。」

「好吧，聽著，我來回答這四條，一條條說。是我把這次出海搞砸了嗎？好啊，你們都知道我想怎麼樣，而且你們都知道如果照我想的那樣辦了，我們今天晚上已經在『伊斯帕尼奧拉』號上了，我們一個人都不會死，舒舒服服，吃了一肚子好吃的葡萄乾布丁，船上裝滿了金銀財寶，媽的！好啦，是誰打亂我的計畫的？是誰非把我選出來當船長的？誰在我們上岸第一天就給我塞黑券，開始跳這場舞的？啊，跳得好啊，這我同意你們說的，看上去就像在倫敦城外行刑碼頭上吊著跳的水手舞呢，還真是的。但那是誰幹的呢？欸，是安德森，還有漢茲，還有你，喬治．梅里！這群搗亂的人裡就你活著了，你還好意思站在這裡代替我當船長——你才是那個把船帶沉的人吧！這真是天底下最扯的事。」

希爾佛停了停，我從喬治和他同夥的臉上可以看出這些話沒白說。

「那是對你們第一條的答覆，」被指控的希爾佛擦了擦額頭上的汗，他剛才說得慷慨激昂，把木屋都震動了，「哼，老實說，我都不高興跟你們說話。你們聽不懂，又記不住，我真不知道你們母親怎麼讓你們到海上來的！冒險家！我覺得你們也就配當當裁縫。」

「接著說，約翰，」摩根說，「還有幾條呢。」

「啊，還有幾條！」希爾佛回答，「還真多啊，是不是？你們是這次出海被搞砸了。哎，我賭你們根本不知道事情有多糟，看著吧！我們離絞刑沒多遠了，想一想我脖子都僵了呢。你們大概見過吧，掛著鎖鏈吊著，鳥在旁邊飛，水手出海的時候就指著他們，一個人問：『那是誰？』另一個人說：『那個呀！哎，是約翰．希爾佛。我認得他。』你過去，船開到下一個浮標，還能聽見鐵鍊釘鈴鐺鎯。我們每個人都是父母生的，如今到了這一步，這得謝謝他，還有漢茲，還有安德森，還有你們其他那些笨蛋。如果你們要說第四條，這個小孩，好吧，老天爺，他不是個人質嗎？我們要白白浪費一個人質？不，我們不會的。他是我們的最後一個機會，我看很有可能。殺了這個小孩？我可不做，夥計們！還有第三條？啊，好，第三條我有得好說了。也許你們不在乎能有個真正科班出身的醫生每天來給你們看病——你，約翰，你的頭破了——或者你，喬治・梅里，六個小時前你還生著瘧疾發著抖，眼睛現在還黃得像檸檬皮一樣。還有，大概，也許你們不知道還有艘船會來接他們的，是嗎？還真有這麼艘船。那時候我們就會看到有個人質多好了。再說第二條，我為什麼跟他們講和——那是你們跪著求我講和的——你們跪在地上爬過來，你們像洩了氣的皮球一樣——要是我不跟他們講和，你們早就餓死了——不過那都是小事！看——這就是為什麼！」

他把一張紙扔到地板上，我一眼就認出那就是我在船長箱子底發現的油布包裡的地圖，黃色的紙上有三個紅叉。我想不出來醫生為什麼把它給了希爾佛。

我感到很費解，而地圖的出現對那些倖存的叛徒們來說簡直不可思議，他們像貓撲老鼠一樣撲上去，地圖被他們搶來搶去，從一個人手裡到另一個人手裡，他們查看地圖時大喊大叫，還像小孩一樣大笑，讓人覺得他們好像已經得到了金子，就要帶著它們平安返航了。

「是的，」一個人說，「是佛林特的字，絕對沒錯，傑・佛，下面劃了條線，還有一個丁香結，他一向這麼簽名。」

「可能是不錯，」喬治說，「但是我們要怎麼帶走財寶呢，我們沒船。」

希爾佛突然跳起來，一手撐在牆上，厲聲喝道：「現在我警告你，喬治，你要是再說一句廢話，我就和你動手了。怎麼帶走？哈，我怎麼知道？要麼你來告訴我——你和他們，你們這些蠢貨弄丟了我的大船，見鬼去吧！但是問你也是白問，你還沒一隻蟑螂聰明。你講話還是禮貌一點吧，喬治．梅里，我們看著辦吧。」

「這話滿公道的。」老摩根說。

「公道！我也覺得，」希爾佛說，「你們丟了船，我找到了寶藏，到底誰最高明？現在我不做了，媽的！你們愛選誰就選誰當船長吧，我受夠了。」

「希爾佛！」他們喊道，「『烤肉佬』萬歲！『烤肉佬』當船長！」

「這算選好了是嗎？」希爾佛大聲說，「喬治，我覺得你要等下一輪了，朋友。算你運氣好，我不是個記仇的人。這不是我的作風。現在朋友們，黑券還要嗎？沒用了是嗎？算迪克倒楣，糟蹋了他的《聖經》。」

「以後還能吻這本書發誓嗎？」迪克低聲問，他顯然為了給自己招來霉運而感到不安。

「被撕過的《聖經》？」希爾佛嘲笑著說，「那可不行，它就跟一本民歌書差不多。」

「是嗎？」迪克又有點高興地說，「好的，我覺得有本民歌書也挺好的。」

「給你，吉姆——給你見識見識。」希爾佛把那張紙片隨手丟給了我。

這是一張銀幣大小的圓紙片，一面是黑色的，因為它本來是《聖經》的最後一頁，另一面有一兩行《啟示錄》，我對其中有些字句印象特別深刻：「城外有那些犬類和殺人的。」一印字的一面被木炭沾黑了，不過炭粉已經快被抹掉了，還弄黑了我的手指。沒字的那面用木炭寫著兩個字——下臺。我至今仍把這張紙片當作珍藏帶在身邊，但是上面已經不剩什麼字跡了，只有一點像人用拇指指甲留下的淺淺劃痕。

這天夜裡的事情就這麼過去了。很快，我們所有人都喝了點酒，躺下睡了。希爾佛的報復就是把喬治·梅里派到外面去站崗，並且威脅他，如果他不老老實實的，就要他的命。

我久久不能合眼，天知道我有太多事情要想，想著那天下午我殺的人，想著我最危險的處境，尤其是想著我親眼見到的希爾佛此刻玩的那齣精彩絕倫的把戲——一隻手把叛變者們握在一起，另一隻手盡一切可能抓住能保住自己平安和性命的機會。他安然睡去，還大聲打呼，想到他被多少可怕的危險包圍，還有絞刑臺在等著他，雖然他是個壞人，我的心卻為他疼痛著。

30

假釋

我被驚醒了——實際上我們都被驚醒了，我看見就連靠在門柱上打瞌睡的哨兵也猛地醒過來——一個清晰爽朗的聲音從樹林邊緣那裡朝我們喊：

「喂！木屋那邊，是我，醫生！」

是醫生來了。雖然我聽到他的聲音很高興，但高興裡還夾雜著別的。我侷促不安地想起了我不服從命令、偷偷行動，再看看它使我落到了現在的處境——和什麼人在一起，被什麼樣的危險環繞，我簡直羞於見他。

他一定是天還沒亮就起來，因為現在才剛剛黎明。我跑到一個槍眼往外看，看見他站著，像希爾佛來談判那次一樣，站在地面上一層齊膝深的霧裡。

「是你啊，醫生！早上好，先生！」希爾佛完全醒了，和顏悅色地招呼說，「你可真早啊！俗話說早起的鳥兒有蟲吃。喬治，機靈點，小子，去幫利夫西醫生翻過柵欄來吧。一切都好，你的病人都活蹦亂跳，開開心心。」

他一個人站在小山頂上不斷地說著，臂膀下面支著枴杖，一手扶著木屋的牆——聲音、舉止、表情還是原來那個高腳約翰。

「我們還有個驚喜給你呢，先生，」他接著說，「我們這裡來了一個小客人——嘿！嘿！一個新寄宿生，新房客，先生，身體健康，睡得香甜，他就睡在我老約翰旁邊，肩並肩，一整晚。」

這時利夫西醫生已經翻過柵欄，離希爾佛很近了。我聽得出他說話的聲音都變了：

「是吉姆？」

「可不就是吉姆！」希爾佛說。

醫生頓時停住了，不過沒接話，過了幾秒鐘他又繼續往前走。

「好吧，」他終於說，「先做正事，再來閒聊，像你說過的，希爾佛，我們先去看你的病人們。」

他走進木屋，朝我冷冷地點了點頭，就繼續他在病人間的工作。他看起來毫無顧忌，儘管他肯定知道在這群險惡的魔鬼當中他命懸一線，但他和他們絮絮交談著，就像在一個普通的英國家庭診治。他的態度可能影響了那些人，他們對待他也好像什麼事都沒發生過一樣，好像他還是個隨船醫生，而他們仍是忠誠的水手。

「你好多了，朋友，」他對一個頭上綁著繃帶的夥計說，「你真是死裡逃生，你的頭像鐵一樣硬。好吧，喬治，怎麼樣？你臉色不好，你的肝肯定已經遭透了。你吃藥了嗎？喂，他吃藥了嗎？」

「噯，噯，先生，他吃啦，絕對的。」摩根說。

「因為，你們看，自從我成了叛變者們的醫生，或者我更想叫獄醫，」利夫西醫生以他一貫的令人愉快的口吻說，「我把這看作是一種榮譽，不讓喬治國王和絞刑臺上少一個人，上帝保佑國王！」

惡棍們面面相覷，默默嚥下了這句戳心的話。

「迪克不太舒服，先生。」一個人說。

「是嗎？」醫生說，「那，迪克，過來讓我看看你的舌頭。噢，他能舒服才怪呢，你的舌苔簡直能嚇壞法國人。這又是個黃熱病。」

「啊，看，」摩根說，「這就是撕了《聖經》的報應。」

「真是一群笨蛋，」醫生罵道，「分不出空氣是好是壞，乾燥的土地和有瘟疫的爛泥潭。我覺得最有可能的是——當然這只是猜想——你們都得了瘧疾，沒好之前有罪要受了。在沼澤裡宿營，是嗎？希爾佛，我沒想到，這些人裡你比他們都聰明啊，但你怎麼沒有健康觀念、衛生常識的。」

「好啦，」他依序看完了他們，他們也都拿了藥，樣子謙恭得好笑，像慈善學校的小學生，不像殺人越貨的叛徒海盜，「好啦，今天看完了。接下來請讓我跟那個男孩說說話。」醫生往我的方向隨便點了點頭。

喬治·梅里在門口，「噗噗」吐著一種很苦的藥，但一聽到醫生的請求就滿臉通紅地轉過來大喊：「不行！」還罵了句髒話。

希爾佛一巴掌拍在酒桶上。

「閉嘴！」他大吼一聲，像獅子一樣不容置疑地環顧了四周，用平常的語調接著說：「醫生，我也正想著呢，我知道你有多喜歡那個孩子，我們都對你的好心十分感激，也很相信你，把你給的藥都當酒一樣喝下去，你也看到了。要我說，我想到了一個讓大家都滿意的辦法。霍金斯，你能不能像紳士一樣給我一句話——雖然你出身貧寒，但仍然稱得上是一位年輕的紳士——保證你不會逃跑？」

我立刻做出了保證。

「那麼，醫生，」希爾佛說，「請你先到柵欄外面，你出去以後我就把孩子帶過來，我想你們可以隔著柵欄說話。再見，先生，請向地主和史莫列特船長問好。」

醫生一走出房子，被希爾佛的怒視鎮住的反對情緒一下子爆發了。他們全都指責希爾佛要兩面派——試圖用犧牲同夥利益來保自己的平安，欺騙了大家。總之，一點沒錯，他確實就是這麼做的。事情明擺著，我想不出這次他要怎麼平息他們的憤怒。可是那些人確實連他的一半都不如，而且他昨晚的勝利讓他在心理上壓制了他們，他用所有你想得出來說笨蛋傻瓜的詞說他們，說必須讓我和醫生說話，在他們面前甩那張地圖，問他們擔不擔得起撕毀協議使得到時候尋寶受阻的責任。

「不行，媽的！」他大聲說，「時候到了才能撕毀協議！在那之前我都得哄著那個醫生，要我用白蘭地給他擦靴子我都做。」

他吩咐他們生火，然後拄著枴杖，一手搭在我肩上，走了出去，不理茫然的海盜們。他們與其說是信了他的話，不如說是被他的滔滔不絕震懾住了，一時說不出話來。

「走慢點，小老弟，走慢點，」他說，「要是他們看見我們走很快會一眨眼就撲過來的。」

於是我們故作從容地穿過沙地，走向等在柵欄外的醫生，走到能和醫生好好說話的距離，希爾佛就站住了。

「你把在這裡看到的都記下吧，醫生，」他說，「這孩子會告訴你我是怎麼救了他的命，因此差點被趕下臺，看著辦吧。醫生，如果一個人像我這樣在風口浪尖裡開船，豁出命來孤注一擲，你會不吝給他說兩句好話嗎？請你記得，現在不光關係我一條命，這孩子的命也搭上了。請你替我說說公道話，醫生，給我一點支持下去的希望，行行好。」

希爾佛一出來，背對他的同夥和木屋，就變了個人，他兩頰深陷，聲音發抖，沒人能比他更誠懇了。

「怎麼，約翰，你莫不是怕了？」利夫西醫生問。

「醫生，我不是膽小鬼，真不是，一點都算不上！」他打了個響指，「我要是膽小鬼就不這麼說了。但是我得承認，想到絞刑，我也發抖。你是個好人，講信用，我沒見過比你更好的人。你不會忘記我做過的好事，就像不會忘記我做的壞事一樣，我知道。我走開一點——聽著——讓你和吉姆單獨聊。請你把這點也記上，我誠意十足了！」

說著，他往後退遠了一點，退到聽不見我們說話的地方，在一個樹樁上坐下，吹起了口哨，身體一邊轉來轉去，一會兒看看我和醫生，一會兒看看那群不好管的惡棍——他們在沙地上走來走去，忙著重新生起一堆火來，並從屋裡搬出豬肉和餅乾準備做早飯。

「所以，吉姆，」醫生難過地說，「現在你在這裡，是自作自受啊，孩子。天知道，我真不想說你什麼，但有件事不管好不好聽我都要說：史莫列特船長身體好的時候，你不敢跑，等到他倒下了，沒辦法了，你跑了，這可真的是個懦夫做的事啊！」

我承認我哭了起來。「醫生，」我說，「你別再說了，我已經很自責，我自己的命也搭進去了，如果不是希爾佛挺我，我已經死了。還有，醫生，真的，我不怕死——我就算死了也是應該的——可是我怕酷刑，如果他們折磨我——」

「吉姆，」醫生打斷我，他的聲音完全變了，「我不能讓你被他們折磨，翻過來，我們趕快跑走。」

「醫生，我說過我不跑的。」我說。

「我知道，我知道，」他大聲說，「現在管不了那麼多了，吉姆，譴責和羞恥統統算在我身上，孩子，可是我不能讓你待在這裡。跳吧！跳一下你就出來了，然後我們就像羚羊一樣跑掉。」

「不行，」我答道，「你知道你自己絕對不會這麼做，不管是你，還是地主，還是船長，都不會這麼做。希爾佛信任我，我答應他了，就要回去。但是，醫生，你還沒聽我說完，如果他們折磨我，我可能會說出大船在哪裡的事的。因為我弄到了船，一半是運氣，一半是冒險，它現在在北海灣，南面的沙灘上，就在漲潮線下面。潮水不高的時候它肯定停在岸上。」

「大船！」醫生驚呼道。

我很快地講了一遍我的歷險，他靜靜地聽著。

「好像命中注定，」他聽完後說，「每次都是你救了我們的命，你覺得我們會不管你，讓你去死嗎？那太不公平了，孩子。你發現了陰謀，你發現了班．葛恩——這是你做得最好的一件事，這輩子，哪怕你活到九十歲。哎，好傢伙，說到班．葛恩，他真是個搗蛋鬼。希爾佛！」他大喊，「希爾佛！我給你個建議，」等希爾佛走近後他接著說，「別急急忙忙去尋寶。」

「呃，醫生，我盡量，但估計沒辦法，」希爾佛說，「恐怕要請你原諒，只有去尋寶才能保住我和那孩子的命，你看著辦吧。」

「好吧，希爾佛，」醫生回答說，「如果這樣，我再跟你說一句，如果發現尖叫聲要小心。」

「先生，」希爾佛說，「我們好好說話，你這說得也太含含糊糊了。你們要做什麼，為什麼離開木屋，為什麼給我地圖，我都不知道，是不是？我都閉著眼睛照你說的做了，但連句有希望的話都聽不到！不行，這太過分了。如果你不打算告訴我什麼意思，我就不做了。」

「不行，」醫生沉思著說，「我沒權力說更多了，那不是我一個人的祕密，你看著辦，希爾佛，否則我一定告訴你。但是我已經把我能說的都告訴你了，還多說了一句，我已經要被船長罵了，真的。然後，我要給你一點希望，希爾佛，如果我們都能從這個捕狼陷阱裡活著出去，我會盡我最大的努力救你，只要不是作偽證。」

希爾佛面露喜色，「你說這些夠了，我相信你，先生，我媽也沒這麼好。」

「好吧，那是我的第一點讓步，」醫生接著說，「其次是再給你個建議：讓這孩子一直待在你身邊，寸步不離，你們需要幫助的時候就大喊。我現在去為你們想辦法，你會看到我是不是隨便說說的。再見，吉姆。」

利夫西醫生隔著柵欄和我握了握手，對希爾佛點點頭，快步走進了樹林。

31

尋寶記——佛林特的指針

「吉姆，」當只剩我們兩個人的時候希爾佛說，「如果說我救了你的命，你也救了我的，我不會忘記的。我看見醫生招手要你跑——我眼尾餘光看見的，我也看見你說不，就像我耳朵聽見的一樣清楚。吉姆，不愧是你。自從進攻失敗以後，這是我第一次看到希望的光，多虧了你。現在，吉姆，我們要去尋寶了，不明不白地，我不喜歡這樣。你和我要隨時保持在一起，相互照應，那樣不管運氣多麼不好，我們都能保住我們的腦袋。」

就在這時，有人從火堆旁招呼我們說早飯做好了，於是我們就散坐在沙地上吃起了餅乾和煎鹹肉。他們生的火能烤一頭牛，他們只能從上風方向接近它，不然太熱，即使那樣也要很小心。反正他們就是很浪費的人，他們做了我估計有我們食量三倍的食物，然後一個人乾笑著把剩下的都扔進火裡，這不尋常的燃料讓火一下子又「轟」地旺起來。我有生以來沒見過這麼不為明天打算的人。吃了上頓沒下頓，只能這麼形容他們的做事情方式。像這樣浪費食物，放哨時睡覺，雖然他們衝起來看似膽大，但我能看得出他們根本應付不了持久戰。

就連希爾佛，他一個人在旁邊吃，「佛林特船長」站在他肩膀上，他也沒對他們的魯莽行為說一句責備的話。

這讓我更加驚訝，因為我發現他比以前我看到的要更老謀深算了。

「哎，兄弟們，」他說，「有『烤肉佬』這顆腦袋幫你們想辦法算你們運氣好。我已經知道我想知道的事了。他們確實有了大船，在哪裡我還不知道，但是一旦我們找到寶藏，我們就把島翻個遍，把它給找出來。再說，兄弟們，我們有小船，我想我們有優勢。」

他嘴裡塞滿了熱的煎鹹肉，不停地說啊說，為了重新給他們希望和信心，我還懷疑，他同時也在給自己打氣。

「至於這名人質，」他繼續說，「我猜那大概是他最後一次跟他親近的人說話啦。我還聽到了一點消息，這還得謝謝他呢，但是到此為止啦。我們尋寶的時候我要拿根繩子牽著他，因為我們要像看著金子一樣看緊他，以防意外，你們要記住這一點。等我們把寶藏和船都弄到手了，大夥兒開開心心回到海上，好了，那時候我們再來跟霍金斯先生算帳，一定要好好報答他做的好事。」

這些人現在都興高采烈的，這也不奇怪，而我沮喪得很，如果希爾佛剛才說的計畫行得通，他這個雙面叛徒會毫不猶豫地去做的。

他腳踏兩條船，他在我們這邊最好的希望不過是免於絞刑，他肯定更願意跟海盜們拿到財寶、逍遙法外。

然後，就算事情發展到使他不得不遵守和醫生的約定的時候，我們的處境也很危險！一旦他手下那些人的懷疑被證實，他和我就不得不為了保命拚死一戰——他是個殘疾人，而我，小孩一個——要對付五個身強力壯的水手！

在這雙重擔憂之外，我朋友們的行為對我來說仍然是個謎，難以理解他們為何放棄木屋與讓出地圖，還有，醫生最後對希爾佛的警告也很難懂，「如果發現有尖叫聲要小心」，你可想而知，我吃早飯的時候有多食不知味，跟在抓住我的人後面去尋寶的心情又有多沉重。

如果當時有誰看見我們，肯定覺得很奇怪——所有人都穿著髒兮兮的水手服，除了我以外的所有人都全副武裝。

希爾佛身上掛著兩枝槍，一前一後，還有一把大彎刀配在腰間，方尾外套的兩個口袋裡各有一把手槍，「佛林特船長」棲坐在他肩膀上嘰嘰喳喳說些零零碎碎毫無意義的水手行話。我腰裡繫著一根繩子乖乖地跟著希爾佛，他有時把繩子那頭拿在空閒的手上，有時用牙緊咬著，反正，我就像頭被牽著的跳舞的熊。

其他人也背著各式各樣的東西，有些背著鍬和鏟子——這是從「伊斯帕尼奧拉」號裡帶上岸的重要必需品，還有人背著當午飯的豬肉、餅乾和白蘭地。所有這些東西，我注意到，都是木屋裡的儲備。可見希爾佛昨晚說的是真的，要不是他和醫生達成協定，他和他那群叛變者們，丟了大船，就只能靠喝喝白水再打打獵過日子了。水是喝不飽的，水手的槍法一般也不好，再說，到他們沒東西吃的時候，也不會有太多彈藥了。

好啦，東西全帶好以後，我們就都上路了——連那個被打破頭的人也一起，他真應該留在陰涼的地方休息——我們拖拖拉拉，一個跟著一個，來到海邊，這裡有兩條小艇等著我們。小艇裡盡是海盜們酗酒胡鬧留下的痕跡，一個坐板被砸斷了，兩條小艇上都沾滿了泥，裡面還有水也沒舀出去，為了安全起見，我們要把它們帶走，於是我們分坐兩條小艇，從錨地中心出發。

我們前進時，對地圖進行了討論。紅十字標的範圍太大，很難看出具體在哪裡。背面的字又很模稜兩可，讀者也許還記得，它是這樣的：

高樹，望遠鏡的山肩上，往北北東。

骷髏島東南東偏東。

十英尺。

高的樹是最主要的標記。現在，我們正前方，錨地往裡是一片兩三百英尺高的高地，高地最北邊連著望遠鏡山的南坡，南端又隆起形成崎嶇陡峭的後桅山。高地上密密地生長著高矮不一的松樹，這裡那裡都有一棵比別的樹高四五十英尺的樹冒出來，哪棵是佛林特船長指的「高樹」只能到那裡去用羅盤測量看看。

儘管如此，我們還沒走一半路，船上的每個人都已經自己心裡選好一棵樹。只有高腳約翰聳了聳肩膀，讓他們到了那裡再決定是哪一棵。

在希爾佛的指揮下，我們輕輕地划著船，不讓手太累到。划了很長一段路以後，停靠在第二條河的河口——它從望遠鏡山的一個長滿樹的裂口流下來。隨後我們朝左邊轉，沿著斜坡向上往高地走。

起初，地上厚厚的泥濘和一蓬蓬的沼澤植物讓我們走得很慢，不過隨著山開始一點一點變陡，腳下變成了石頭，樹的樣子也變了，長得更舒展開闊了。實際上，我們現在接近島上景色最宜人的地方，香氣馥郁的金雀花和開著花的灌木取代了野草，綠色的肉豆蔻樹叢點綴在松樹的紅色樹幹和巨大陰影之間，它們的兩種香氣相得益彰。而且，明媚陽光下，流動著的清新空氣讓我們心曠神怡、精神煥發。

一群人散開成扇形，大喊大叫、蹦來跳去，希爾佛和我跟在所有人後面，走在中間，我被繩子拴著，他牽著我，在打滑的碎石子地上走得氣喘吁吁。我時不時得扶他一把，不然他會失足跌下山去。

我們這樣大概走了半英里，就快到高地最頂上了，這時遠遠走在最左邊的人大喊了起來，像是受到了驚嚇，他一聲接一聲地喊，其他人就往他那個方向跑去。

「他不可能是發現寶藏啦，」老摩根從右邊跑過去說，「我們還沒到頂呢。」

確實，我們跑到那裡，發現完全是另一樣東西。在一棵很大的松樹下面，躺著一具被一棵綠色蔓草纏繞的骸骨，有些小一點的骨頭已經鬆脫了，身上還有一點衣服的碎片。我相信一時之間每個人心裡都冒出一股寒意。

「他是個水手，」喬治・梅里說，他比別人膽子大，已經走過去查看了破布片，「至少，這是很好的水手布料。」

「嗳，嗳，」希爾佛說，「肯定的啊，這地方又不會有主教來，我想。但是這個死人骨頭這麼躺著是個什麼躺法？看上去不像是死時就這樣的。」

真的，再多看兩眼，就覺得那具屍體的姿勢一點也不像死的時候就是那樣的。雖然有一點亂（可能有鳥啄食過他的肉，或是蔓草慢慢生長、逐漸包覆了他全身），但是這個人躺得直挺挺的——腳指著一個方向，雙手像跳水的人一樣高舉過頭，指著反方向。

「我這老腦袋瓜裡有個想法，」希爾佛說，「看羅盤，那裡像一顆牙一樣突出的是骷髏島的岬尖角，順著這個死人骨頭看。」

照做以後，骸骨正指著那個小島，羅盤上的方向是東南東偏東。

「我就猜是這樣，」希爾佛叫道，「這個死人骨頭就是個指標，從這裡對著北極星走就能找到金銀財寶了。可是，媽的！想到佛林特我就心裡發冷。這就是他能開出來的玩笑，沒錯。他和六個人來到這裡，然後把他們全都殺了。這個人被他拖到這裡按照羅盤的方向擺好，媽呀！看這些長骨頭、黃頭髮，那應該是阿拉戴斯。你記得阿拉戴斯嗎，湯姆・摩根？」

「嗳，嗳，」摩根回答道，「我記得他，他還欠我錢呢，還把我的小刀拿上岸了。」

「說到小刀，」另一個人說，「為什麼我們沒在旁邊地上看到他的小刀？佛林特不是會從水手口袋裡拿走東西的人，我想鳥也不會叼走小刀吧。」

「媽的，」希爾佛喊，「還真是！」

「沒有東西留下來，」梅里還在骸骨周圍搜尋，「沒有一個銅板，也沒有菸盒。看起來是不正常。」

「百分之百不正常，」希爾佛同意說，「既不正常，還讓人不舒服，去他媽的。好傢伙！兄弟們，要是佛林特活著，恐怕我們也要死在這裡了，他們是六個人，我們也是六個，他們現在全成了骨頭了。」

「我親眼看見他死的，」摩根說，「比利帶我去的，他躺在那裡，眼皮上放著一便士。」

「是死了——他絕對死了，下地獄了，」頭上纏著繃帶的傢伙說，「不過，如果鬼會出來走，肯定是佛林特的鬼。天啊，佛林特的確是死得不痛快。」

「唉，確實是，」另一個人說，「他一會兒發火，一會兒吵著要喝酒，一會兒唱歌。〈十五個人〉，他就會唱這一首歌，朋友。老實跟你們說，後來我就再也不高興聽到這首歌了。那天很熱，窗戶開著，我清楚聽見那首老歌傳出來，那時他已經快死了。」

「好了，好了，」希爾佛說，「停止吧。他死了，他不會出來的，我知道。至少，他白天不會出來，走著瞧吧。想太多折壽。接著去尋寶吧。」

我們當然是又上路了，不過儘管是大白天，太陽熱辣辣地照著，海盜們也不敢再分開跑以及在樹林裡大喊大叫了，他們互相靠著，說話也輕輕地，對那已經死了的海盜的恐懼籠罩在他們心上。

32

尋寶記——樹林裡的聲音

一半是因為緊張而走不動，一半是因為希爾佛和那些生病的人要休息一會兒，一夥人剛到坡頂就坐下來。

高地有點向西傾斜，我們休息的地方往兩邊看視野都很開闊。在我們前方，越過樹梢，可以看見松林岬邊緣綴著一圈白浪，身後，我們不僅能俯瞰錨地和骷髏島，還能看見沙尖嘴和東岸低地外的一片茫茫大海。望遠鏡山矗立在我們頭頂，近處有幾棵孤立的松樹，遠處是黑色的峭壁。周圍一片寂靜，只有遠處拍岸的浪濤在四面八方轟鳴著，還有無數昆蟲在灌木叢中啁啾。海上沒有人煙，沒有帆影，天地間的壯闊景致使人孤獨倍增。

希爾佛坐下以後用羅盤測了幾次方位。

「有三棵滿高的樹，」他說，「在從骷髏島到望遠鏡山這條線上。『望遠鏡的山肩』，我覺得就是那邊比較低的地方。現在小孩子都能找到那些寶藏啦。我有點想先吃頓飯。」

「我肚子不餓，」摩根嘀咕著，「想到佛林特就什麼也不想吃。」

「哎，好吧，小夥子，算你命好，他死了。」希爾佛說。

「他真是個惡魔，」另一個海盜說著打了個寒戰，「臉鐵青鐵青的！」

「那是喝蘭姆酒喝的，」梅里說，「鐵青！對，我覺得他就是鐵青的，還真是。」

自從他們發現那具骨架並由此展開了種種聯想，他們說話的聲音就愈來愈低，現在幾乎成了耳語，並沒有打破林間的寧靜。驀地，從我們前方的樹林裡，一個又細又高、顫悠悠的聲音唱起了那首熟悉的歌：

十五個人搶死人箱——

唷呵呵，來瓶蘭姆酒！

這些海盜嚇得魂飛魄散，我從來沒見過有人這麼害怕，六張臉孔全都慘無人色，有如中邪，有人跳了起來，有人緊緊抓住其他人，摩根趴在了地上。

「是佛林特，媽——！」梅里喊道。

歌聲又沒了，像它開始時一樣突然——斷了，你可以說，唱到一半，就像有人捂住了唱歌的人的嘴。風和日麗，我覺得從青翠的樹林裡飄出來的歌聲悠揚動聽，而同行者們古怪異常。

「冷靜點，」希爾佛從他灰白的嘴唇間勉強擠出這句話，「這樣可不行，站好準備走。

這事是很怪，我聽不出是誰的聲音，但肯定是有個人在唱——一個有血有肉的活人，瞧著吧。」

說話間，他恢復了勇氣，臉上也重現血色。其他人聽了他這一番鼓勵，也有點鎮定下來。這時，同一個聲音又響了起來——這次不是唱歌，而是在遠方有氣無力地呼喚，望遠鏡山裂谷間飄蕩著的回聲則更加虛無縹緲。

「達比．麥克格勞！」它在哀號——我只能用這兩個字來形容那聲音——「達比．麥克格勞！達比．麥克格勞！」它一遍又一遍地呼喚著，然後聲音稍許提高了些，說：「拿酒來，達比！」還夾著一句髒話，我就不提了。

海盜們腳下好像生了根，眼珠快要翻到頭頂上。聲音消失後很久，他們仍驚恐地說不出話來，只是直勾勾地盯著前方。

「是他，」一個人倒抽一口冷氣說，「我們走吧。」

「這是他臨死前說的話，」摩根呻吟道，「是他說出來的最後的話。」

迪克拿出他的《聖經》，念念有詞地禱告起來。他到海上跟這些壞傢伙混在一起之前是在好人家長大的。

但希爾佛還沒被嚇倒。我能聽見他牙齒格格打顫，但他沒投降。

「這個島上沒人聽說過達比，」他小聲地嘟噥說，「除了我們這裡的幾個人。」接著他又很努力鼓足勁大聲說：「朋友們，我是來拿財寶的，是人是鬼都別想嚇倒我，佛林特活的時候我都沒怕過，天殺的，鬼我也不怕。有七十萬鎊就在離這裡不到四分之一英里的地方，什麼時候一個冒險家會放著這麼大一堆錢不要，轉頭就走？只是因為一個臉色鐵青的老醉鬼水手——何況他還死了？」

但是，看樣子他的同夥們振作不起來，相反地，他的話這麼不敬，他們更害怕了。

「不要說了，約翰！」梅里說，「別得罪那個鬼。」

其餘人都嚇得不敢作聲，他們要是有勇氣，早就拔腿逃跑了，因為害怕他們才待在一起，而且朝約翰這邊靠過來，就像他的膽子對他們也有用似的。希爾佛本人則基本上已經克服了膽怯。

「鬼？好吧，可能有吧，」他說，「但有件事我不懂，它有回聲。好，沒人見過鬼有影子，那麼我想知道，鬼叫為什麼會有回聲呢？這難道正常嗎？」

這個理由在我聽來真是太站不住腳了。但是，你還真不知道怎麼才能說服迷信的人，喬治．梅里居然就信了。

「對哦，有道理，」他說，「還是你有腦袋，約翰，沒錯。走吧，夥計們！我真的覺得我們這幫人被騙了。仔細想想，我同意那聲音是有點像佛林特，但還不是特別像。我現在覺得更像另一個人的聲音，像是——」

「他媽的，班．葛恩！」希爾佛大叫道。

「啊，就是他，」摩根一下子跳起來喊，「就是班．葛恩！」

「我不是很懂，有什麼區別？」迪克問，「班．葛恩也死了，和佛林特一樣。」

但老資格的水手覺得他這句話問得可笑。

「沒人在乎班．葛恩，」梅里說，「是死是活都沒人怕他。」好厲害，他們的精神狀態又變好了，臉上也有了血色，很快又聊開了，偶爾停下來聽一下，沒再聽到什麼，就扛起工具接著走。梅里拿著希爾佛的羅盤走在最前面，讓大家走在與骷髏島正確的連線上。他說的是事實：不管班．葛恩是死是活，都沒人怕他。只有迪克仍然拿著《聖經》，邊走邊戰戰兢兢地朝周圍看，但沒人同情他，希爾佛還拿他的疑神疑鬼打趣。

「我已經告訴過你，」他說，「你撕了《聖經》，它就不能保佑你了，你還指望鬼會怕它嗎？不可能啊。」他撐著枴杖停了一下，用粗大的指頭打了個響指。

但是，迪克已經不可能好過了。實際上，我很快就看出來那個小夥子已經病了，經過炎熱、疲勞和驚嚇的刺激，利夫西醫生之前說過的熱病使他的體溫急劇升高。

高地上很開闊，一路上沒有遮攔處，我說過高地略向西傾斜，我們走的是有點下坡的路。大大小小的松樹隔得遠，即使在一叢叢肉豆蔻和杜鵑花之間也有大片空地被烈日烤著。我們朝西北方向幾乎穿越了整座島，一邊離望遠鏡山的山腰愈來愈近，同時我之前漂流顛簸的西海灣也逐漸盡收眼底。

我們來到第一棵高大的樹下，看了看羅盤，證明不是這棵。第二棵也是如此。第三棵樹聳立在一簇矮樹叢之上，大約有兩百英尺高──一株龐然大物，紅色的樹幹有一座小屋那麼粗，寬闊的樹蔭下容納得下一群人在裡面。東西兩邊很遠的海上都能看見這棵樹，完全可以當作航標來畫在地圖上。

但此刻海盜們不在乎這棵樹的高大，只知道在它寬大樹蔭下的某個地方埋著七十萬英鎊的金子。他們朝大樹走近時，對錢的貪念蓋過了先前的恐懼。他們的眼睛噴著火，步伐輕快，整顆心都飛到了寶藏上，一輩子享用不盡的榮華富貴就在那裡等著他們每一個人。

希爾佛拄著枴杖，邊走邊嘀咕，他的鼻孔翕張，有隻蒼蠅停在他熱烘烘、汗涔涔的臉上，他就像瘋子一樣罵罵咧咧。他把牽著我的繩子猛地一扯，不時轉過來惡狠狠地瞪我。他已經沒耐心掩飾自己的想法了，我也看得明明白白的。金子近在咫尺的時候，其餘一切都被拋在腦後：他的承諾，醫生的警告，都已經是過去的事了。毫無疑問，他想掠取財寶，趁夜裡去找到「伊斯帕尼奧拉」號，割斷島上每個好人的喉嚨，然後像他最開始盤算的那樣，滿載著罪惡和財富揚帆遠走。

我憂心忡忡，難以跟上獵寶者們飛快的步伐。我不時步伐踉蹌，希爾佛總是會很粗暴地把繩子一扯，目露凶光。落在我們身後的迪克殿後，他含混不清地自言自語，又是祈禱又是咒罵，好像發燒得愈來愈嚴重了。看到他這樣，也增添了我心裡的悲淒，更糟糕的是，發生在這高地上的慘劇在我腦中縈繞不去：那個邪惡的臉色鐵青的海盜在這裡親手殺死了他的六個同黨──後來死在薩凡納，臨死前一邊唱歌一邊喊著要喝酒。這片小樹林，如今如此寧靜，而當年肯定迴蕩著慘叫聲，我這樣想著，那慘叫聲就彷彿仍然在我耳邊迴響。

我們來到了樹林邊緣。

「太好了！夥計們，上啊。」梅里一聲吶喊，前面的人都跑了起來。

跑不到十碼遠，他們突然停了下來，一聲低呼提高了音量。希爾佛著了魔一般，拄著枴杖三步併作兩步往前跑，緊接著他和我也停住了。

我們面前有一個巨大的坑，不是新挖的，因為邊上的土已經崩落，底部長滿了草。坑裡有一把斷成兩截的鎬柄，還散落著一些貨箱的箱板。我看見一塊板上用烙鐵烙著「海象」兩個字——這是佛林特的船的名字。

一切都很明白了，寶藏已經被人找到拿走了，七十萬鎊財寶已經沒了！

33

海盜首領的倒臺

世界上沒有比這更突然的轉折了。那六個人都像挨了當頭一棒。但希爾佛幾乎馬上就從這次打擊中清醒過來。剛才他所有心思都全力衝向財寶，就像個賽馬騎師，好了，他現在一秒鐘就知道完了，他保持冷靜、沉住氣，在其他人還沒意識到一切落空之前，改變了他的計畫。

「吉姆，」他悄聲說，「拿著，準備好，有麻煩了。」說著他遞給我一把雙筒手槍。

與此同時，他開始悄悄地往北走了幾步，讓土坑把我們兩個和其他五個人隔開來，然後朝我點了點頭，像是說「情況危急」，事實上我也覺得是這樣。他的樣子不是很友善。我討厭他如此善變，忍不住小聲說：「所以你又換邊站啦。」

他顧不上回答我。海盜們連喊帶罵地一個接一個跳進坑裡，用手指挖了起來，把木板往旁邊亂扔。摩根找到了一塊金幣，他把它拿在手上，罵個不停。那是一枚兩基尼的金幣，它在他們手裡傳來傳去，傳了十幾秒。

「兩基尼！」梅里拿著它朝希爾佛晃了晃，咆哮著，

「這就是你說的七十萬鎊嗎？你不是談判老手嗎？你不是永遠不會搞砸嗎？你這個木頭腦袋笨蛋！」

「挖吧，孩子們，」希爾佛態度極其冷酷侮慢地說，「你們能挖出來幾個堅果我也不奇怪。」

「挖堅果！」梅里尖叫著重複道，「兄弟們，聽見了嗎？我告訴你們，那傢伙早就全知道了！看他的臉，明擺著呢！」

「哎，梅里，」希爾佛說，「又想站出來當船長啦？你真是個很想往上爬的小夥子。」

但是這次所有人都站在梅里這邊，他們開始往坑外爬，一邊回頭怒視我們。我發現有件事對我們有利：他們都從希爾佛對面那邊爬上去。

我們就這樣對峙著，一邊兩個人，一邊五個人，中間是個坑，沒人敢先動手。希爾佛一動不動，拄著枴杖，站得筆直，盯著他們，看上去鎮定如常。不可否認，他確實有膽量。

最後，梅里似乎想說點什麼來對事情有所幫助。

「兄弟們，」他說，「他們只有兩個人，一個是把我們帶到坑裡的老瘸子，還有一個是我本來就說要他命的小畜生，現在，兄弟們——」

他舉起手臂，提高嗓門，顯然準備帶頭發起進攻。但就在那時——「砰！砰！砰！」——矮樹叢裡發出三道火光。梅里一頭栽進坑裡，頭上纏著繃帶的人像個陀螺似的轉了個圈，也直挺挺地倒下去死了，手腳還抽動了一下。另外三個掉頭就跑。

你還沒來得及眨眼，高腳約翰就朝還在掙扎的梅里補了兩槍，那傢伙最後痛苦地翻起眼睛來看了他一眼，「喬治，」希爾佛說，「我想我已經解決你了。」

就在這時，醫生、格雷、班．葛恩拿著還在冒煙的火槍從肉豆蔻叢裡跑了過來。

「追！」醫生喊，「快追，小夥子們，我們不能讓他們拿到小船。」

於是我們飛奔起來，不時穿過齊胸高的灌木叢。

希爾佛拚著老命想跟上我們，他撐著枴杖跳啊跳，胸口的肌肉簡直要爆裂了，這麼劇烈的運動即使是個四肢健全的人都吃不消，醫生就是這麼認為的。結果，我們跑到坡頂上的時候，他已經落在三十碼開外，而且上氣不接下氣的。

「醫生，」他高喊道，「看那邊！不急！」

確實，不用著急了。在高地更空曠的地方，我們看見那三個海盜還在往一開始正對著後桅山的方向跑，我們已經到了他們和小船之間。於是我們四個坐下來喘口氣，高腳約翰抹著臉上的汗慢慢走過來。

「真謝謝你，醫生，」他說，「關鍵時刻你來了，救了我和霍金斯。是你啊，班．葛恩！」他又說，「你真是好樣的。」

「我是班．葛恩，是我呀，」那個野人答道，他有點窘迫，像鰻魚般扭來扭去，隔了好一會兒又說：「那，你怎麼樣，希爾佛先生？很好吧，我想，是不是。」

「班啊，班，」希爾佛喃喃說，「原來是你做的好事。」

醫生派格雷回去拿一把海盜逃跑時丟下的鐵鎬。然後我們不疾不徐地往山下停船的地方走去的途中，醫生簡短地說明之前發生的事。這是個希爾佛很想聽的故事。從頭到尾，故事的主角都是班・葛恩，這個被流放荒島、半痴半呆的人。

班，他一個人在島上漫遊了好久好久，他找到了那具骸骨——是他拿走了死人身上的東西，他找到了財寶，他把它們挖出來（他的鎬柄斷在坑裡），他背著它們，來來回回辛辛苦苦地運，從大松樹腳下，搬到海島東北角的雙峰山上的一個洞裡，在「伊斯帕尼奧拉」號抵達的兩個月前把所有寶藏都安置好了。

海盜進攻木寨的那天下午，醫生從班・葛恩那裡問出了這些祕密，第二天早上他看見錨地裡的大船沒了，就去找希爾佛，把已經沒用的地圖給了他，把補給品也給他，因為班・葛恩的山洞裡囤著很多他自己醃的山羊肉，總之他把所有東西都給了希爾佛，換取從木寨安全轉移到雙峰山的機會，好遠離瘧疾、守好財寶。

「至於你，吉姆，」他說，「我一直放心不下。不過，我做了為那些忠於職守的人考慮的最好的選擇，你沒堅守崗位，所以是誰的錯呢？」

今天早上，醫生發現他為叛變者們準備的那場可怕的打擊會牽連到我，就跑回山洞，留下地主守著船長，帶上格雷和班・葛恩，沿對角線斜穿海島直奔大松樹這邊。不過，他過了一會兒發現我們這夥人走得比他們快，就派跑得最快的班・葛恩一個人到前面去設法牽制他們。班・葛恩想到了利用他過去同船夥伴們的迷信，他的辦法很奏效，使得格雷和醫生得以趕在獵寶者們到達之前做好埋伏。

「啊，」希爾佛說，「和霍金斯在一起算我運氣好，否則你想也不想就會把老約翰我剁成肉醬的，醫生。」

「沒什麼好猶豫的。」利夫西醫生爽快地答道。

這時我們來到了小艇邊，醫生用鎬鑿穿了其中一艘，然後我們所有人一起坐上另一艘，打算從海上繞到北海灣。

這段路有八九英里。希爾佛雖然已經累得半死，還是跟我們一樣划一支槳，我們在平靜的海面上划得飛快，很快划出了海峽，繞過島的東南角——四天前，我們曾拖著「伊斯帕尼奧拉」號經過這裡進入海峽。

我們經過雙峰山時，能看見班．葛恩的山洞的黑色洞口，一個人站在那裡，靠著一枝火槍，是地主，我們揮舞手帕向他歡呼，其中希爾佛喊的聲音比誰都響。

又划了三英里，一進北海灣，我們就看到了「伊斯帕尼奧拉」號在獨自漂流。之前的潮水把它沖離了淺灘，要是風大，或是有像南錨地那裡如此強勁的海流，我們可能就再也找不到它，或者發現它擱淺被撞壞了。而現在它除了一面主帆以外幾乎沒什麼損傷。我們重新拿了一只錨扔進一英尺深的水裡。然後再划小艇回到離班．葛恩的藏寶洞最近的登陸點蘭姆灣，再由格雷一個人划小艇回到「伊斯帕尼奧拉」號上去守夜。

從岸邊到洞口是一段和緩的斜坡，上去以後見到了地主，他對我既親切又和藹，完全不提我擅自離開的事，既不責備，也不誇獎。但希爾佛很有禮貌地向他行禮時他有點臉紅。

「約翰．希爾佛，」他說，「你真是太壞、太能裝了——十惡不赦的大騙子，閣下。有人叫我不起訴你，好，那我就不起訴你，但是死掉的人都吊在你脖子上掛了一圈呢，重得跟磨盤一樣。」

「真謝謝你，先生。」高腳約翰答道，一邊又行了個禮。

「少謝我！」地主喊道，「這真嚴重違背了我應盡的義務。離我遠點。」

接著，我們全都進了山洞。裡面很大，空氣流通，有一小股清泉流進一個小水池，池邊長著蕨類植物。地面是沙地。在一個大火堆前躺著史莫列特船長。遠處的角落裡，昏暗中閃爍著火光的映射，我看見大堆大堆的金幣銀幣，還有金條壘成的方塊。那就是我們千里迢迢來尋找的佛林特的財寶，它已經葬送了「伊斯帕尼奧拉」號上十七條人命。積聚它們的時候又用了多少條命，多少血與哀傷，多少性能優良的大船沉入海底，多少勇敢的水手被蒙著眼罩走了跳板，多少大炮怒吼，多少醜惡、欺詐和暴行，恐怕沒有一個活著的人能說清楚。雖然這島上還有三個人——希爾佛、摩根、班．葛恩——都參與了那些罪行，也都曾幻想分到一份獎賞。

「過來，吉姆，」船長說，「你是個好孩子，從某種意義上說。但是，我下次不想跟你一起出海。你對我來說太任性了。是你嗎，約翰．希爾佛？什麼風把你吹來了，老兄？」

「回到我的崗位上啊，先生。」希爾佛說。

「啊！」船長就說了這麼一句，然後就再也沒說什麼。

那天夜裡我和朋友們可真是好好地吃了一頓晚餐，我們吃著班・葛恩的醃山羊肉，喝著一瓶從「伊斯帕尼奧拉」號上帶來的陳年葡萄酒，還有很多好吃的。我相信世界上沒有比此刻的我們更快活的人了。希爾佛坐在後面，火光快照不到的地方，也盡情地吃著，有誰需要什麼東西，就立刻上前提供服務，甚至我們大笑時，他也一起笑起來——又成了那個航行中溫和有禮、愛獻殷勤的水手。

34

尾聲

第二天一大早我們就開始工作，要走將近一英里的路，把那一大堆金子運到海邊，再划三英里小船運到「伊斯帕尼奧拉」號上去，對這麼點人來說這是個大工程。我們不太擔心還在島上的那三個傢伙，一個人在山肩上看著已經足夠確保我們不被他們突襲了，而且我們想，他們也打夠了吧。

工作進行得很順利。格雷和班·葛恩划著小船來來回回，他們走開的時候其他人把珠寶堆在海灘上。兩錠金條一前一後用繩子搭在肩上，也夠一個成年人扛的了，也走不快。我呢，因為背不動多少東西，被留在洞裡，整天都在不停地往麵包袋裡裝錢幣。

那真是一筆不可思議的收藏，像比利·伯恩斯囤積的那些各式各樣的錢幣一樣，但是還要龐大和豐富得多，我覺得整理這些錢幣是我做過最有意思的事。英國的、法國的、西班牙的、葡萄牙的，像英國喬治基尼、雙基尼金幣，法國金路易、西班牙銀元杜布隆、葡萄牙莫艾多錢幣、威尼斯達克特錢幣，能看到這幾百年來歐洲所有君主的頭像，還有奇怪的東方錢幣，上面鑄著像一股股線繩或一小片蜘蛛網的圖案，圓的和方的，中間有個洞的，像是可以讓你串起來掛在脖子上——幾乎世界上的每一種錢幣都在這裡了，我想。至於數量，它們無疑就像秋天的落葉一樣多，我彎著腰，手指不斷地分揀，累得腰痠背痛。

就這樣一天天地做著，每天都有一大堆財寶裝上大船，但還有一大堆等著第二天裝。這段時間裡我們沒聽到那三個還活著的叛變者的一點消息。

最後——大概是第三天晚上——醫生和我正在能俯瞰島上低地的小山上散步，忽然，從黑乎乎的山下吹來一陣風，風裡夾帶著一個介於尖叫和唱歌之間的聲音，只有一小段傳到了我們耳邊，接著又歸於沉寂。

「願上帝寬恕他們，」醫生說，「是那些叛變的人！」

「他們都喝醉了，先生。」希爾佛從我們背後插了一句。

我可以說，希爾佛現在自由自在，儘管每天我們都沒好臉色給他，他還是把自己看作是一個受大家喜愛的隨從。我們都不理他，他卻能一直那麼有禮貌，努力討好所有人，一點也不覺得累，這真的很厲害。然而，也沒人對他比對一條狗好一點，除了班．葛恩，他對這昔日的老舵手還是怕得要命；還有我，我確實在有些事上要謝謝他，儘管我也有理由比別人更討厭他，因為我目睹了他在高地上又策劃了一次新的倒戈。總之，醫生沒好氣地回答他說：

「不是醉了，就是在胡言亂語。」

「可不是麼，先生，」希爾佛說，「跟我們沒什麼關係。」

「你是不是沒指望我當你有點人性啊，」醫生嘲諷說，「所以我的想法也會讓你很驚訝吧，希爾佛老大。但是，如果我確定他們在胡說——我敢說他們當中至少有一個人在發高燒——我會離開這裡，不管我自己要冒多大的險，也會用我的醫術去幫他們看看。」

「恕我直言，先生，你那麼做將會大錯特錯，」希爾佛說，「你會失去你寶貴的性命，看著吧。我現在跟你站在一邊，在一條船上，我不想看見我們這邊力量被削弱，更不想你怎麼樣，我還欠你的。但是下面那些人，他們說話不算數的——他們想都沒想過要守信用，而且他們也不相信你會守信用。」

「也是，」醫生說，「你倒是說話算數，我們領教過了。」

好了，那就是關於那三個海盜的最後消息。只有一次我們聽見很遠的地方有一聲槍響，估計他們是在打獵。我們商量了一下，決定把他們留在島上——我得說，班．葛恩開心極了，格雷也是熱烈贊成。我們留下一大堆彈藥，大量醃山羊肉，一些藥和其他的必需品，工具、衣物、一張多餘的帆和十來英尺的繩子，還有醫生特別建議的禮物：相當多的菸草。

這差不多是我們在島上做的最後一件事。在那之前，我們已經把財寶都裝上船，帶足淡水，還帶了剩下的醃山羊肉以防萬一。最後，在一個晴朗的早晨，我們一切準備妥當，起錨出海，駛出了北海灣，船長曾經升起在木寨上並在那底下戰鬥過的旗幟又飄了起來。

我們很快發現，那三個傢伙肯定一直比我們以為的要更密切地關注著我們。因為船經過海峽時，離南邊的岬角很近，我們看見那三個人一起跪在那裡的沙尖嘴上，高舉雙手哀求著。我想我們也都有點於心不忍，要把他們留在這麼悲慘的境地裡，但我們不能再冒發生任何叛亂的險了，而且把他們帶回去送上絞刑臺，也是一種殘忍的仁慈。醫生朝他們揮手，告訴他們我們給他們留下了東西，上哪裡能找到它們。可他們還是一直喊我們的名字，求我們看在上帝的分上發發善心，別讓他們死在這裡。

最後，他們看船並沒有停下，愈開愈遠，快要聽不見喊聲了，他們之中的一個人——我不知道是哪個——哀嚎一聲跳了起來，舉起火槍開了一槍，子彈嗖地飛過希爾佛頭頂，把主帆打穿了個窟窿。

然後我們就蹲低躲在舷牆後面，等我再看出去的時候，他們已經不在沙尖嘴上了，而沙尖嘴也隨著愈來愈遠而變得模糊不清。那三個人的事就結束了。中午以前，金銀島上最高的岩石山峰沉入了蔚藍的海平面。

我們人手不足，船上的每個人都要派上用場，只有船長躺在船尾的一張床墊上下指令，他的傷已經好多了，但還是需要靜養。我們把船頭對準西班牙的美洲領地的最近一個港口行駛，因為如果我們不補充點水手，恐怕不一定能把船開回家。實際上，由於風向不停地變，還遇到兩次大風，我們到港之前就已經精疲力盡了。

當我們在一個被陸地環抱的美麗海灣下錨時，太陽正在落山，我們的船立刻被許多小駁船包圍，小駁船上全是黑人、墨西哥印第安人和混血兒，兜售著水果和蔬菜，還提出可以表演潛水去撿你扔下的錢幣。那麼多笑嘻嘻的面孔（尤其是那些黑色的），熱帶水果的滋味，特別是城鎮華燈初上的景象，和島上黑暗血腥的那幾天相比，簡直迷人非凡。醫生和地主帶我上岸去消磨夜晚，他們在岸上遇到了一位英國軍艦的艦長，跟他聊了天，還上了他的船，總之，我們度過了一段愉快的時光，回到「伊斯帕尼奧拉」號上的時候，天都快亮了。

班・葛恩一個人站在甲板上，我們一上船他就比手畫腳地向我們坦白，希爾佛跑了，是他幾個小時前默許他坐小駁船逃走的，他要我們相信他這樣做只是為了保住大家的性命，如果那個獨腳人繼續待在船上我們總有一天會把命給丟了。事情還不止如此。那個船上的廚師沒有空手而去，他偷偷鑿穿了艙壁，拿走了一袋金幣，大概值三四百基尼，以供日後漂泊之用。

我想，我們都很樂意能這麼便宜擺脫他。

長話短說，我們招了幾個人上船，順順利利地開回家，「伊斯帕尼奧拉」號抵達布里斯托的時候，布蘭德利正開始想著要裝備去接應它的船。跟船一起出去的人只回來五個。「別人都喝得見閻王」這句應驗了。當然，我們沒有像他們唱的那條船那麼慘：

七十五人出海去，
只有一人活回來。

我們每個人都分到了一大筆財寶，並按照各人的性格或明智或愚蠢地用了。史莫列特船長現在退休了，不出海了。格雷不僅存下了錢，還突然上進心爆發，鑽研航海技術，現在跟人合夥買了一艘裝備精良的船，身兼船主和大副，還結了婚，做了父親。班．葛恩，他分到一千鎊，三個禮拜之內就花光或是弄丟了，更確切地說是十九天，因為他在第二十天一無所有可憐巴巴地回來，他得到了一份看門的差事，正是他在島上的時候不想要的，他現在還活著，鄉下的男孩們很喜歡跟他玩，雖然有點拿他尋開心的意思，每逢禮拜天和教會的節日他都會在教堂裡唱歌。

關於希爾佛，我們再也沒聽到任何消息。這個令人生畏的獨腳海盜從我的世界裡消失得乾乾淨淨。但我敢說，他找到了他的黑人老婆，也許現在還和她與「佛林特船長」舒舒服服地過著日子。就讓他舒服舒服吧，我想，因為等到了另一個世界，他怕是不會有好日子過了。

據我所知，銀錠和武器還在佛林特埋藏的地方，我當然願意它們永遠留在那裡。用牛拖，用繩子拉，我都不想再回那座可怕的島了。我做過最可怕的噩夢就是聽見海浪拍岸聲，或是猛然驚醒坐起，而「佛林特船長」的尖叫仍在我耳旁縈繞：「西班牙銀元！西班牙銀元！」

譯後記

請起錨前往你的金銀島

航海、大船、島嶼、海盜、地圖、寶藏
——正像史蒂文生在全書開始前的小詩裡寫的一樣。

一幅藏寶地圖

當我還完全是個小孩的時候，從家裡書架上找到一本跟我同齡的《金銀島》，也有如發現了一件寶藏。那幅色彩繽紛、扣人心弦的冒險畫卷在我眼前展開。

更令我著迷的，是書裡的一幅藏寶地圖。那張圖上，星辰般的方向標誌、星芒般放射的方位線，每一條都把我的心思牽引到遠方，海島上的每座山、一棵棵樹，都令我神往。

誘人的並非寶藏，而是對廣闊世界的探索。它彷彿在召喚：

年輕的孩子啊，到海上去，去感受風浪，去冒險，海中有美麗的島嶼在等你！

航海是多麼激動人心啊。

沿著曲折的海岸線一路向前——在不同的地方上岸，尋獲新奇事物，和自己不一樣的人，和自己一樣的人，歡樂，還有淡水；或是放手一搏地開往深深茫茫的海上，仰仗技術、經驗和運氣，拓開被掩蔽的海域，或是踏上故交一般的航線。

有的人並不將平靜無波的生活視作幸福，只有冒險才能帶來生趣。

離經叛道的海盜

看得太早，時間流逝，它對我的影響留在心裡，而我對它的記憶變得十分模糊——「一個尋寶的故事嘛，」看過的人都記得，「和海盜作鬥爭，有個厲害的海盜。」重新再看，才發現了從前不曾留意，或其實吸收過，但忘記了的事情。比如在第二十八章，那個「厲害的海盜」——希爾佛。

故事裡的第一大反派、海盜首領，開始被其他海盜們質疑，他們對他的領導感到不滿，認為他的決策出了問題。在那樣一個劍拔弩張的時刻，那些海盜們一個接一個走出了屋子，照一個海盜的話說就是：「我要行使我的權利，我們要出去討論一下。」

海盜們開了個會，然後回來宣布他們的決議：要希爾佛下臺。希爾佛說，那麼按規矩，你們要提出對我不滿的理由，然後我來進行答覆。於是海盜們提出了四條理由，指出希爾佛的問題。接著希爾佛講了好一番話，有理有據，將質疑逐條駁回。

海盜們被他說服了，繼續擁護希爾佛當權。

看到這段，我心想：真是文明。又想：不愧是英國人。這過程中沒有人「勃然大怒，一掌擊碎對方天靈蓋」（在武俠小說或是《封神演義》那樣的書裡，人們常常這樣處理問題）；沒有人說「少廢話」；心生不滿的海盜們沒有仗著己方人多、而對方只是個上了年紀的瘸子來暴力奪權；沒有人擁有可以威懾他人的武功、或法術、或彷彿天生就決定了的地位，希爾佛只有靠證明自己的能力，讓大家看到他為大家做了什麼、能做什麼，來贏得權力，一旦他失職，就要下臺。這是十九世紀的人筆下的十八世紀的海盜，連海盜——最離經叛道、胡作非為的人——都講這套規矩。這種文明比本質上是野蠻和恃強凌弱的江湖快意要重要得多、先進得多，希望它能深入人心，就像它在那群海盜們身上表現出來的那樣。

暴力對誰而言都是很糟糕的；權力不是絕對和永久的；人與人之間是平等的；要有理性。

這些是與勇於探索、打開眼界和心胸同樣重要的事，我希望每個孩子從小就能懂得。

還有誠信。

誠信是文明的一部分，沒有誠信，協商則毫無意義，世界將會變成最野蠻粗暴的樣子。

書裡的好幾個人物都向我們展示了：守信不僅是一種美德，也是人與人相處的基礎。

主人翁少年吉姆，他在明明可以逃跑的情況下也沒有逃跑，這不是不知靈活變通的死腦筋，這是正直。比起兵不厭詐、成王敗寇的那一套，我更願意相信和堅持正直，奸猾和無恥不應該被當成是「謀略」和「智慧」，醫生和吉姆使我們看到了如何正直而機智，他們一點也不呆，而是勇敢。如果孩子們能分辨這些就好了。

這本書裡還經常說到「紳士」這個詞。我覺得意思有點接近於「君子」，它意味著「有所不為」。

迷人的反派

少年吉姆的勇氣甚至打動了希爾佛——

那也是全書中我最喜歡的一段（二十八、二十九章）——我想他是真的被打動了。他聲稱說心裡話的時候，似乎有很多話是真的，比如他喜歡吉姆——吉姆又聰明又勇敢，他也是個又聰明又大膽的人（雖然是個反派），怎麼會不心生愛惜；他那時叫的那幾聲「孩子」，彷彿真的有著感情在裡頭。

我懷疑他對吉姆的保護有一點是出於真心，同時不可否認那也完全是為了他自己，他還是那個心狠手辣的海盜首領。

在這一段裡，希爾佛的形象一下子變得非常立體。我看見他處變不驚、扭轉局勢的本事，也看見他怕死的樣子；他心思敏捷；他露出幾個似乎柔軟的瞬間，他在各式各樣的面目間轉換，那些可能都是真的，又因此定然不太真。

他身上發著光，忽閃忽閃，變化不定：耀眼的光，迷人的光，有一點溫熱的光，幽暗的光，鬼火般的光，寒光，凶光，像是四面八方有風在吹。

我被希爾佛吸引住了，並不由得為接下來等待他的命運而擔憂，想想他出場時就只有獨腳了，他經歷了什麼，他是怎麼活過來的，這一次他還能活下去嗎？就像吉姆：「想到他被多少可怕的危險包圍，還有絞刑臺在等著他，雖然他是個壞人，我的心卻為他疼痛著。」

好了，我覺得我說的已經太多了。

請起錨前往你的金銀島吧，給你我誠摯的祝福。

祝你在日後即使遭遇風浪時，都有一顆不會破損的正直、勇敢的心，還有朋友陪伴著你。

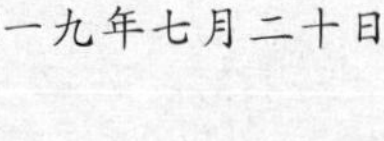

二〇一九年七月二十日

金銀島 / 羅伯特・路易士・史蒂文生 ; 顧湘譯 . -- 初版 . -- 臺北市 : 時報文化 , 2020.10
256 面；14.8×21 公分 . --（愛經典；42）譯自：Treasure Istand
ISBN 978-957-13-8328-6（精裝）

873.596 109011635

作家榜经典文库®

ISBN 978-957-13-8328-6

Printed in Taiwan

愛經典 0 0 4 2

金銀島

作者—羅伯特・路易士・史蒂文生｜譯者—顧湘｜內文插畫—沐童｜編輯總監—蘇清霖｜特約編輯—劉素芬｜美術設計—FE 設計｜企劃經理—何靜婷｜董事長—趙政岷｜出版者—時報文化出版企業股份有限公司 一〇八〇一九台北市和平西路三段二四〇號四樓 發行專線—（〇二）二三〇六—六八四二 讀者服務專線—〇八〇〇—二三一—七〇五、（〇二）二三〇四—七一〇三 讀者服務傳真—（〇二）二三〇四—六八五八 郵撥—一九三四四七二四時報文化出版公司 信箱—一〇八九九台北華江橋郵局第九九信箱 時報悅讀網—http://www.readingtimes.com.tw 電子郵件信箱—new@readingtimes.com.tw｜法律顧問—理律法律事務所 陳長文律師、李念祖律師｜印刷—盈昌印刷有限公司｜初版一刷—二〇二〇年九月二十五日｜定價—新台幣三五〇元｜（缺頁或破損的書，請寄回更換）